コナン・ドイル ショートセレクション

名探偵ホームズ 踊る人形

千葉茂樹 訳　ヨシタケシンスケ 絵

理論社

踊《おど》る人形

The Adventure of the Dancing Men

ホームズは、かれこれ何時間も細身の背中《せなか》をまるめて、化学実験装置《そうち》におおいかぶさるようにすわったままだ。

ひとこともしゃべらず、鼻がまがりそうなくさい液体《えきたい》を調合しようとしているようだ。頭を胸《むね》にうずめるように下をむいているので、まるで黒い冠毛《かんもう》をのっけた奇《き》妙《みょう》なやせ細った鳥のように見える。

「そうか、ワトソン」なんの前ぶれもなく、ホームズがそういった。「きみはもう、南アフリカの株《かぶ》に投資《とうし》するのはやめたってことだな」

わたしは度肝《どぎも》を抜《ぬ》かれた。ホームズの特殊《とくしゅ》な才能《さいのう》には慣《な》れっこになっているつもりだったのに、とつぜんこのように、わたしがずっとかくしていたことをずばりと見抜《みぬ》かれたのだから。

「いったいぜんたい、どうしてわかったんだ?」わたしはたずねた。

ホームズは、蒸気《じょうき》を上げている試験管を手に持ったまま、スツールをくるっとまわした。深くくぼんだ目は、おもしろそうにきらきらしている。

「さあ、ワトソン、すっかりめんくらったと白状《はくじょう》するんだな」

「ああ、するとも」

「それじゃあ、紙に書いて、サインしてもらわなくちゃな」

「どうしてだい?」

「五分後には、ばかばかしいぐらい簡単《かんたん》なことだ、といいだすに決まってるからさ」

「いいや、そんなことはいわないよ」

「さてと、ワトソン」ホームズは試験管をラックに置くと、学生の前で講義《こうぎ》をはじめる教授《きょうじゅ》のように話しはじめた。

「ひとつひとつが単純《たんじゅん》なできごとで、それぞれがひとつ前のできごとの影響《えいきょう》を受けているような場合には、推理《すいり》を組み立てるのはごく簡単だ。

ところが、ちゃんと手順を踏《ふ》んだ上で、中間の推理《すいり》をごっそりはぶいて、はじまりと結論《けつろん》だけを話してきかせれば、まずまちがいなく人をおどろかすことはできるのさ。まあ、ほんのこけおどしだけどね。

さてそこで、きみの左手の人差し指と親指のあいだを見るだけで、きみがささやかな資金《しきん》を金鉱《きんこう》に投資《とうし》しないことにしたと推理するのは、ごく簡単《かんたん》なことなんだよ」

「さっぱりわからないな」

「そうだろうとも。けど、すぐにわかるさ。単純《たんじゅん》なひとつづきの鎖《くさり》の、はぶいた部分はこれこのとおりだ。

第一に、きのうの夜、クラブからもどったきみの左手にはチョークの粉がついていた。

第二に、そのチョークはビリヤードをしたときの、キューの滑《すべ》り止めだ。

第三は、きみがビリヤードをする相手といえば、サーストンただひとり。

第四に、四週間前、きみはぼくに話しただろ。サーストンは一か月で期限《きげん》の切れる南アフリカの株《かぶ》の選択権《せんたくけん》を持っていて、きみにも出資《しゅっし》してほしがってるって。第五には、きみの小切手帳は鍵《かぎ》をかけたぼくのひきだしのなかに置きっぱなしで、鍵を貸《か》してくれとはいってきていない。

そして第六が結論《けつろん》だ。したがってきみはこの株に金をだすことを見送った、というわけだ」

「ばかばかしいぐらい簡単じゃないか!」わたしは思わずそういった。

「ああ、そうだとも」ホームズは、すこしばかりむっとしているようだ。「どんな問題でも、ちゃんと説明されれば、いとも簡単に思えるんだよ。ほら、ここにまだ説明されていない問題があるぞ。これを見て、きみはどう思う?」

ホームズは一枚《まい》の紙をテーブルの上にほうり投げ、また化学実験にもどってしまった。

わたしは、その紙に書かれたでたらめな象形文字のようなものを見ておどろいた。

「なんだよ、ホームズ。子どもの落書きじゃないか」わたしは大声をあげた。

「なるほど、そうきたか！」

「それ以外に考えられないだろ？」

「ノーフォーク州リドリング・ソープの荘園主《しょうえん》ヒルトン・キュービット氏は、それがほんとうに、ただの子どもの落書きなのかどうか、すごく気にしてる。この小さなクイズは朝一番の郵便《ゆうびん》で届《とど》いたんだが、ご本人もつぎの汽車でやってくるそうだ。おや、呼《よ》び鈴《りん》が鳴ってるな。あれがご本人だとしてもちっともおどろかないね」

重い足音が階段《かいだん》をのぼってきて、部屋にはいってきたのは背《せ》の高い、血色のいい、きれいにひげをそった紳士《しんし》だった。曇《くも》りのない瞳《ひとみ》と赤味のさした頬《ほほ》を見れば、霧《きり》けぶるベイカー街とは遠くはなれた土地での、健康的な生活がうかがえる。この人が部屋にはいってきたとたんに、力強く新鮮《しんせん》で、すがすがしい東海岸の風が吹《ふ》きこんだような気がした。

わたしたちふたりとの握手《あくしゅ》がすみ、腰《こし》をおろそうとしたところで、依頼人《いらいにん》の目が奇妙《きみょう》な象形文字が書かれた紙にとまった。先ほどまでわたしが見ていた、テーブルに置きっぱなしの紙だ。

「それでホームズさん、これはいったいなんなんでしょう？　あなたは奇妙な謎《なぞ》がお好きだとうかがっていますし、これほど奇妙なものもないんじゃないかと思うんです。先にお送りしておけば、わたしがやってくる前にじっくり調べていただく時間もあるかと思いまして」

「たしかに、これはとてもおもしろい代物ですね」ホームズはいった。「ちょっと見ただけでは子どもの落書きにしか見えません。みょうちきりんな人形たちが紙の上で踊《おど》っているようです。どうしてこんなものが、なにか重大な意味を持っていると思われたんですか？」

「そう思っているのはわたしじゃないんですよ、ホームズさん。妻《つま》なんです。妻は死ぬほどこわがっています。なにも話しませんが、目を見れば、どれほどおそれているかわかります。それで、きちんと解明《かいめい》したいと思ったんです」

ホームズが紙を持ち上げたので、日の光があたった。

それは手帳から切りとられた紙だ。鉛筆《えんぴつ》でこんなものが描《えが》かれていた。

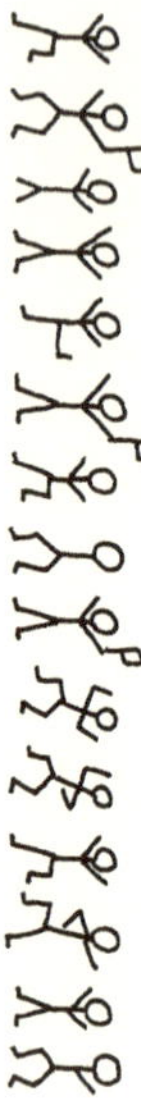

ホームズはしばらくじっくりながめてから、慎重《しんちょう》に折りたたんで手帳にはさんだ。

「これは、まちがいなく大変興味深《きょうみぶか》い、特異《とくい》な事件《じけん》だと思います」ホームズはいった。「お手紙でもいくつか事情《じじょう》をお知らせいただいていますが、ワトソン博士のためにも、もう一度最初からお話しいただけると、とてもありがたいんですが」

「わたしは口下手でしてね」依頼人《いらいにん》は大きな力強い手を、神経質《しんけいしつ》ににぎりあわせたりほどいたりしながら話しはじめた。

「はっきりしないところは、遠慮《えんりょ》なくきいてください。まずは去年の結婚《けっこん》のことからはじめたいと思います。

でも、その前にひとつだけ。わたし自身は金持ちっていうわけじゃありませんが、わが家はリドリング・ソープで五百年もつづく家柄《いえがら》です。ノーフォーク州ではいちばん知られた一族といってもいいでしょう。

わたしは去年、女王の即位《そくい》六十年記念祭のときにロンドンにやってきまして、ラッセル・スクエアのある宿に泊《と》まっていました。地元の教区のパーカー牧師《ぼくし》がそこに泊まっていたからです。

その宿にはアメリカ人の若《わか》いご婦人《ふじん》もいらっしゃいました。エルシー・パトリックという女性《じょせい》です。そのうち、わたしたちのあいだに友情《ゆうじょう》が芽生え、一か月がすぎるころには、わたしはすっかり彼女《かのじょ》に夢中《むちゅう》になっていました。

わたしたちは式などあげずに登記所でひそかに結婚して、夫婦《ふうふ》としてノーフォークにもどりました。

きっと、まともじゃないと思われるでしょうね、ホームズさん。歴史ある名家の人間が、妻《つま》となる女性の過去《かこ》や家族をなにも知らないまま結婚するなんて。でも、妻《つま》と会って、知っていただければ、きっとわかってもらえると思います。

結婚《けっこん》するにあたって、エルシーはとても正直でした。わたしの気が変わったら、いつでも手をひけるようにさえ、しむけてくれました。エルシーはこういったんです。

『わたしは過去《かこ》に、とても不愉快《ふゆかい》な交際《こうさい》をしたことがあります。できるなら、なにもかもわすれてしまいたいほどの。あんまりつらくて、なにも話したくありません。でも、ヒルトン、なにもやましいことがないのは信じてほしいの。そして、あなたと結婚するまでの過去については、なにも話さないことを許《ゆる》してほしいんです。もし、この条件《じょうけん》に納得《なっとく》がいかないのなら、どうぞひとりでノーフォークにお帰りになってください。わたしを、あなたと出会う前のひとりぼっちの生活にもどしてください』

エルシーがそう話したのは、結婚の前日のことです。わたしは、きみのことばを信じると伝え、これまでそのことばを守ってきました。

結婚して一年になりますが、ずっとものすごく幸せにやってきました。ところが、一か月ほど前の六月末に、はじめて問題の兆しに気づいたのです。ある日、妻はアメリカからの手紙を受けとりました。アメリカの切手が貼《は》られているのを見ましたから、まちがいありません。妻は青ざめ、手紙を読むと暖炉《だんろ》の火にくべてしまいました。

そのあと、妻は手紙についてなにもいいません。わたしもたずねませんでした。約束は約束ですから。

でも、あの瞬間《しゅんかん》から、妻はひとときも心おだやかでいられなかったようです。妻の顔にはいつも恐怖《きょうふ》がはりついていました。いまにもなにかが起こるのを知っているかのように。

妻は、もっとわたしを信頼《しんらい》してくれればよかったんです。妻のいちばんの親友としてね。でも、妻から話してくれないかぎり、わたしからはなにもいえません。どうかわかってほしいんです、ホームズさん。妻は嘘《うそ》のつけない人間です。そして、過去の問題がどんなものであれ、妻にはなんの落ち度もないはずです。

わたしは単純《たんじゅん》なノーフォークの田舎貴族《いなかきぞく》にすぎませんが、家の名誉《めいよ》を重んじることにかけては、イングランドじゅうのだれにも負けないつもりです。妻《つま》もそのことはよくわかっていますし、それは結婚《けっこん》前からのことです。妻はわが家の家名に泥《どろ》をぬるようなつもりはいささかもないと信じています。

さて、ここからが奇怪《きっかい》なところです。一週間ほど前、先週の火曜日でしたが、窓《まど》の下枠《わく》に、その紙とおなじような踊《おど》る人形の絵がたくさんあるのに気づきました。それはチョークで描《えが》かれていました。わたしは馬屋番の少年が描いたんだろうと思ったんですが、その子は、誓《ちか》ってなにも知らないといいます。いずれにせよ、夜のあいだに描かれたんでしょう。わたしは洗《あら》い落とさせて、妻にはそのあと伝えました。おどろいたことに、妻はたいへん深刻《しんこく》に受けとめまして、もし、またあらわれるようなことがあったら、かならず見せてほしいともうします。

一週間はなにごとも起こりません。ですが、きのうの朝、庭の日時計の上に、その紙が置かれているのを見つけたというわけです。それをエルシーに見せると、その場で気を失ってしまいました。

それ以降《いこう》、妻はまるで夢《ゆめ》うつつで、ぼーっとしたままです。目には常《つね》に恐怖《きょうふ》をたたえたまま。

それで、ホームズさん、あなたに手紙を差し上げたんです。警察《けいさつ》に訴《うった》えるような話じゃありません。きっと笑って相手にしてもらえないでしょう。ですが、あなたならどうするべきか教えてくれるはず。わたしは裕福《ゆうふく》とはいえませんが、妻に危険《きけん》がおよぶというなら、財産《ざいさん》をすべてなげうっても妻を守るつもりです」

ヒルトン・キュービット氏は実にりっぱな人物だ。古きイギリスの土壌《どじょう》が生んだ、単純で実直にして紳士《しんし》的な人間だ。熱意に満ちた大きな青い瞳《ひとみ》、おおらかで整った顔立ちで、妻への愛と信頼《しんらい》が、その表情《ひょうじょう》を明るく照らしている。

ホームズは全神経《しんけい》を集中して耳をかたむけていた。そしていま、だまってもの思いにふけってすわっている。

「キュービットさん、こうは思いませんか？」ホームズが、ようやく口をひらいた。

「いちばんの方法は、奥《おく》さんに直接《ちょくせつ》たずねることだと。奥さんに秘密《ひみつ》を教えてほしいとたのむのです」

ヒルトン・キューービット氏は大きな頭を横にふった。

「約束は約束です、ホームズさん。エルシーがわたしに話したいと思うなら、きっとそうするはずです。もし、そうじゃないのなら、無理に口をひらかせるようなことはできません。それでも、わたしがわたしなりになんとかしようとする権利《けんり》はあります。だからそうするのです」

「わかりました。それでは、全力でお手伝いいたしましょう。まずうかがいますが、近所で知らない人間を見かけたとおききになったことは？」

「いいえ、ありません」

「とても静かなところのようですが、新顔があらわれたら、きっと噂《うわさ》になるでしょうね」

「ごく近い範囲《はんい》でならそのとおりです。ですが、それほど遠くないところに小さな海水浴場がいくつかありまして、農家で民宿のようなことをしていますから」

「この象形文字にはあきらかに意味があります。もし、純粋《じゅんすい》にでたらめなものなら、解読《かいどく》はできません。しかし、そうではなく、法則性《ほうそくせい》があるのなら、まずまちがいなく完全に読み解《と》けるでしょう。それでも、これだけでは短すぎて、手がでません。それに、お話しいただいた事実も漠然《ばくぜん》としすぎていて、調査《ちょうさ》の手がかりにはなりません。

まずはノーフォークにおもどりになって、注意深く目を配り、もしまた新しい踊《おど》る人形があらわれたなら、正確《せいかく》な写しをとってください。窓《まど》の下枠《わく》にチョークで描《えが》かれたものの写しがないのは、かえすがえすもざんねんです。

それから、近所に見知らぬ者があらわれないかにも、ぬかりなく目を配ってください。なにか新しいものが見つかったら、もう一度ここへどうぞ。

以上が現時点《げんじてん》でできる最大限《さいだいげん》のアドバイスです。

もし、なにか差しせまった展開《てんかい》があったときには、すぐにでもノーフォークのお宅《たく》へかけつける準備《じゅんび》をしておきます」

この会見のあと、シャーロック・ホームズはうわの空で考えにふけっていた。二、三日のあいだ、何度かあの紙を手帳からとりだしては、長い時間真剣《しんけん》に奇妙《きみょう》な人形たちを見つめていた。

それでも、この件《けん》についてはなにも話さなかったのだが、二週間ほどたったある午後のこと、でかけようとしたわたしをホームズが呼《よ》び止めた。

「でかけないほうがいいな、ワトソン」

「どうしてだい？」

「けさ、ヒルトン・キュービットから電報《でんぽう》を受けとったからさ。ヒルトン・キュービットのことはおぼえてるだろ？　踊《おど》る人形の。リバプール街駅着一時二十分の汽車だから、そろそろここに着くころだ。電報によると、重大な新展開《てんかい》があったようだぞ」

それほど待つまでもなかった。ノーフォークの荘園《しょうえん》主は、駅からまっすぐ辻《つじ》馬車を急がせてきたからだ。その顔はとても不安げで、打ちひしがれ、目は疲《つか》れ、額《ひたい》にはしわがきざまれていた。

「この事件《じけん》にはすっかり参りましたよ、ホームズさん」肘掛椅子《ひじかけいす》に倒《たお》れこむようにすわりながらそういう。「姿《すがた》の見えない、何者かわからない連中にかこまれるのは、なんともいやなものです。そいつらは、なにかたくらんでいるんですからね。しかもその上に、妻《つま》がすこしずつ殺されているとあっては、だれにだって耐《た》えられません。妻はどんどん弱っています。このわたしの目の前で、どんどん弱っていくんです」

「奥《おく》さんはなにかおっしゃいましたか？」

「いいえ、ホームズさん、なにもいいません。何度か話そうとしかけたことはあるんですが、思い切ることはできなかったようです。なんとかうながそうとしたんですが、わたしがぎこちないものだから、かえっておじけづいてしまったようです。妻はわが家の先祖《せんぞ》のことや地元での評判《ひょうばん》、過去《かこ》に汚点《おてん》がないことへの誇《ほこ》りなどを口にするものですから、そのたびにいよいよ核心《かくしん》にせまっていると感じるんですが、なぜか、そこへいきつく前に話がそれてしまいます」

「それでも、あなたご自身がなにか見つけたんですね？」

「そうなんですよ、ホームズさん。きょうは、あの踊《おど》る人形の新しいサンプルをいくつかお持ちしました。それに、もっと重要なのは、ついにそいつを見かけたってことです」

「ほう、描《えが》いていた人物を、ですか？」

「はい、描いているところを見ました。でも、なにもかも順番にお話ししましょう。前回、こちらへうかがったあと、家にもどった翌朝《よくあさ》、まず見つけたのが真新しい踊る人形でした。物置小屋のドアにチョークで描かれていました。その小屋というのは、正面の窓《まど》から見わたせる芝生《しばふ》の脇《わき》に建っています。これが正確《せいかく》に描き写したものです。さあ、どうぞ」

そういうと、紙を広げてテーブルに置いた。そこにはこのような象形文字があった。

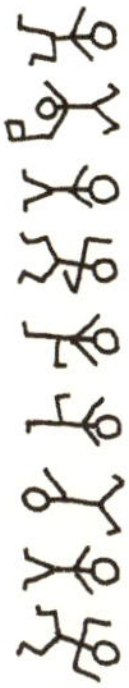

「すばらしい!」ホームズは叫《さけ》んだ。「さあ、つづけて」
「これを写しおえると、こすって消したんですが、二日後の朝、またおなじところに新しいものがあらわれたんです。それがこちらです」

ホームズは両手をこすりあわせながら、ほくそえんでいる。
「資料《しりょう》が一挙にふえましたね」ホームズはいった。
「さらに三日後です。今度は紙に描《えが》かれたメッセージが、日時計の上に小石を重しにして置かれていました。これです。描かれているのは、ご覧《らん》のとおり、その前のものとまったくおなじです。

このあと、わたしは待ち伏《ぶ》せしてやろうと決心しました。そこで、ピストルを手に、芝生《しばふ》と庭を見わたせる書斎《しょさい》にこもりました。

夜中の二時ごろのことです。わたしは窓際《まどぎわ》にすわっていました。外は月明かりがあるだけでまっ暗です。

背後《はいご》で足音がするのでふり返ると、ガウンをまとった妻《つま》が立っていました。妻はわたしにベッドにはいるようたのみこみました。ですがわたしは軽い調子でいいました。こんなふざけたいたずらをしかけるやつを見てみたいんだとね。

妻は、これはただのたわいないいたずらなんだから、もう気にしないで、と答えました。

『ねえ、ヒルトン。もしそんなに心配なら、旅行にでもいきましょうよ。わたしたちふたりで。そうすれば、いやな思いもしなくてすむわ』

『なにをいうんだ。いたずら者のせいで、わが家から逃《に》げろというのかい？　そんなことしたら、まわりの人たちの笑いものだよ』

『とにかく、ベッドにいきましょう。朝になったらじっくり話しあえるわ』

そう話していた妻の顔が、とつぜんみるみる青ざめていきました。月の光よりなお青白い色です。そして、わたしの肩《かた》にかけた手に力がこもりました。

物置小屋の陰《かげ》で、なにかが動いています。黒い影が、はうようにそろそろと小屋の角をまがって、ドアの前にしゃがむのが見えました。

わたしはピストルをにぎると、外へとびだそうとしました。ところが、妻がわたしに抱《だ》きついてものすごい力でひきとめます。なんとか、ふりはらおうとするのですが、妻は必死で食らいついてきました。

ようやく自由の身になって、ドアをあけ、小屋に近づいたときには、そいつはもういません。しかし、そこにいた痕跡《こんせき》はのこっていました。これまでに二度あらわれた、写しをお持ちしたのとおなじ踊《おど》る人形が、また描《えが》かれていたのです。

あちこち探《さが》しまわったんですが、それ以外にはなにも見つかりませんでした。ところが、やつはそのあいだも、ずっとそこいらにいたようです。朝になってもう一度ドアを調べてみたところ、わたしが目にした踊る人形の列の下に、さらに描き足されていたんですから」

「それもお持ちですか？」

「はい。とても短いのですが、写しをとりました。これです」

ふたたび紙がとりだされた。そこに描かれていたのがこれだ。

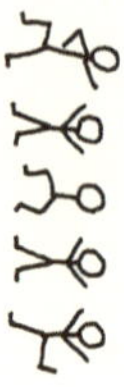

「教えてください」ホームズがいった。その目には、あきらかに興奮《こうふん》を読みとることができた。「これは最初のものに描き足されただけのものですか？　それとも、

まったく別のものとして描かれていた？」

「ドアの、別の羽目板《はめいた》に描かれていました」

「すばらしい！　謎《なぞ》を解《と》くには、これまででいちばん重要なものです。ほかとはくらべものにならない。これで自信がわいてきました。ヒルトン・キュービットさん、どうぞ、話をつづけてください」

「これ以上、お話しすることはなにもありません。ただひとついえるのは、妻《つま》に怒《いか》りをおぼえたということぐらいです。あの夜、妻にじゃまされたせいで、こそこそうろつく悪党《あくとう》をつかまえそこねたんですから。

　妻は、わたしがけがでもしたらと思ってこわかったんだ、といいました。ですが、一瞬《いっしゅん》、妻がほんとうにおそれているのは、わたしではなく、あの悪党がけがをすることなんじゃないか、という思いがよぎりました。

　妻はそれがだれなのかも、あの奇妙《きみょう》な暗号の意味も、知っているにちがいないと思ったんです。ですが、妻《つま》の声の調子をきいたり目を見たりしていると、そんな疑《うたが》いは吹《ふ》きとびました。妻が心から心配しているのは、ほんとうにこのわたしなんだと信じられるんです。

これで、なにもかもお話ししました。

どうぞ、わたしがどうすべきなのかアドバイスをください。わたしとしては、農場のものを五、六人やぶにひそませて、またやつがあらわれたら、こっぴどく鞭《むち》でもくれてやりたいと思っています。そうすれば、この先二度とわたしたちの平和な生活を乱《みだ》したりはしないでしょうから」

「ざんねんながら、ことはそれほど単純《たんじゅん》なものではなさそうです」ホームズはいった。「ロンドンにはいつまで?」

「きょう帰ります。どんなことがあっても、妻ひとりでひと晩《ばん》すごさせるようなことはしたくありません。とても神経質《しんけいしつ》になっていて、はやく帰ってきてほしいといわれているんです」

「まあ、それがいいでしょう。ですが、もしこちらにお泊《と》まりになるのなら、あしたかあってには、ぼくといっしょにいくこともできるんですがね。どちらにせよ、これらの紙は置いていってください。近々《ちかぢか》そちらへうかがって、この事件《じけん》の謎《なぞ》を解《と》き明かしてごらんにいれられると思いますよ」

依頼人《いらいにん》がわれわれの元を去るまで、シャーロック・ホームズはいかにもプロらしく平静を保《たも》っていたが、彼《かれ》のことをよく知るわたしの目はごまかせない。ホームズは心の底から興奮《こうふん》していた。

ヒルトン・キュービット氏の大きな背中《せなか》がドアの外へと消えたとたん、相棒《あいぼう》はテーブルにかけより、踊《おど》る人形の描《えが》かれた紙をすべて広げ、なにやらこみいった、念入りな作業に没頭《ぼっとう》しはじめた。

それから二時間ほど、わたしはその作業をじっと見つめていたわけだが、ホームズはあまりにも熱中していて、わたしがそこにいることもわすれているのはあきらかだった。

ホームズは何枚《まい》もの紙を、さまざまな数字や文字で埋《う》めつくしていった。

進展《しんてん》があったのか、ときどき口笛を吹《ふ》いたり、うたったりするかと思えば、眉根《まゆね》にしわを寄《よ》せて、うつろな目で長い時間、椅子《いす》にすわって考えこんでいることもあった。

やがて、満足げな雄叫《おたけ》びをあげて椅子からぴょんと立ち上がり、もみ手《で》をしながら部屋じゅう歩きまわりはじめた。それから、電報《でんぽう》用紙に長い文章を書いた。

「もし、この電報への答えが予測《よそく》どおりなら、きみのコレクションに実におもしろい事件《じけん》が加わることになるだろうな、ワトソン」ホームズはそういった。「たぶん、あしたはノーフォークまででかけることになるぞ。そして、キュービット氏が頭を悩《なや》ませている謎《なぞ》に関して、決定的な答えをきかせてあげられるだろう」

正直なところ、わたしはすぐにでも教えてほしくてたまらなかったのだが、たとえせっついたところで、どうせ自分のタイミングで自分の好きなようにしか答えない。ホームズのほうから話してくれるのを待つことにした。

しかし、その電報への返信はなかなかやってこなかった。

いまかいまかと耳をそばだてて呼《よ》び鈴《りん》が鳴るのを待つホームズをよそに、二日がたってしまった。

二日目の夜になって、ヒルトン・キュービット氏から手紙が届《とど》いた。

その日の朝、日時計の台座《だいざ》に、またしても長い暗号があらわれた以外、特に変わったことはないという内容《ないよう》の手紙だった。その暗号はつぎのようなものだった。

ホームズは、椅子にすわったまま、おおいかぶさるようにこの奇妙《きみょう》な暗号をしばらく見つめていたが、急に立ち上がった。おどろき、うろたえているようだった。

その表情《ひょうじょう》は心配のあまりやつれているようにさえ見えた。

「どうやら、この事件《じけん》をほったらかしにしすぎたようだな。今晩《こんばん》、ノース・ウォルシャム行きの汽車はまだあるかな?」

わたしは時刻表《じこくひょう》で調べた。

最終便がでてしまったあとだった。

「しかたない、あしたは朝食を早目にすませて、始発ででかけよう。なんとしても、ぼくたちがかけつけなくちゃだめなんだ。

おや、待ちに待った海外電報《でんぽう》が届《とど》いたようだぞ。

ハドソンさん、ちょっと待ってください。返事をしなくちゃいけないかもしれないから。

いや、だいじょうぶだ、予想したとおりの内容《ないよう》だから。

ああ、これでますます、一刻《いっこく》もはやくキュービット氏に知らせなくちゃならなくなったぞ。素朴《そぼく》な田舎紳士《いなかしんし》がまきこまれているのは、とんでもなく風変わりで危険《きけん》な事件なんだから」

そして、実際《じっさい》にそのとおりだったことが、のちにはっきりしてしまう。

最初はただの子どもじみたおかしげな事件に思われたものが、暗い結末をむかえてしまったのだ。

あのときのことを思い返すと、わたしはそのたびにとまどいと恐怖《きょうふ》でいっぱいになってしまう。

読者のみなさんにはもっと明るい結末をお伝えしたいのだが、事実を順序《じゅんじょ》立ててお伝えするしかないだろう。

イングランドじゅうで語り草になったリドリング・ソープ荘園《しょうえん》の奇妙《きみょう》なできごとの連鎖《れんさ》を、暗い結末まで語らなくてはならない。

わたしたちがノース・ウォルシャム駅に着き、目的地の名前を口にしたとたん、駅長があわててかけより、こういった。

「ロンドンからいらっしゃった刑事《けいじ》さんですね?」

ホームズの顔に困惑《こんわく》が浮《う》かんだ。

「どうして、そう思ったんですか?」

「ノリッジからきたマーティン警部《けいぶ》が、いましがた、とおりかかったところですから。もしかしたら、お医者さんでしたか。奥《おく》さんはまだ亡《な》くなっていません。すくなくとも、つい先ほどまでは。いまなら、まだ命を救《すく》えるかもしれません。ただ、助かっても絞首台《こうしゅだい》に送りこまれることになるんでしょうがね」

ホームズの顔は心配げに暗くくもった。

「リドリング・ソープ荘園《しょうえん》にいくところなんですが、そこでなにが起こったのか、なにもきいていないんです」ホームズはいった。

「まったく、おそろしい話です」駅長がいう。「ふたりとも撃《う》たれてしまいました。ヒルトン・キュービットさんも奥《おく》さんも。使用人がいうには、奥さんがだんなさんを撃って、そのあとで自分を撃ったっていうことです。ご主人は亡くなりましたし、奥さんも危《あぶ》ないようです。まったく、このノーフォークじゃ、いちばん古くてりっぱな家族だっていうのに」

ホームズはなにもいわずに馬車へといそぎ、七マイルほどの長い道中でもひとこともしゃべらなかった。これほどしょげ返ったホームズの姿《すがた》は、めったに見たことがない。

ロンドンからの汽車のなかでも、ずっと落ち着きがなく、朝刊《ちょうかん》を心配げにすみからすみまで読んでいた。そしていま、予測《よそく》した最悪の事態《じたい》が起こってしまったことを知って、ぼうぜんとしているのだろう。ホームズは座席《ざせき》に深くもたれ、陰気《いんき》にもの思いにふけっている。

それでも、わたしたちのまわりには、興味《きょうみ》をひかれるようなものがたくさんあった。馬車が走っているのはイングランドでも指折りの風変わりな田舎道《いなかみち》で、家がほとんど見あたらないところを見ると、住む人はすくないのだろうに、どの方向を見ても、角ばった塔《とう》を備《そな》えた大きな教会が平野から生えてきたように建っている。緑の風景が語るのは、古き東アングリア時代の栄光だ。

やがて、北海の紫色《むらさきいろ》の縁《ふち》が、緑のノーフォーク海岸のむこうにあらわれた。御者《ぎょしゃ》は鞭《むち》で、木立のなかからつきでたレンガと木材でできたふたつの破風《はふ》をさし示《しめ》していった。

「あれがリドリング・ソープ荘園《しょうえん》です」

馬車が柱廊《ちゅうろう》のある屋敷《やしき》の玄関《げんかん》に近づくと、その正面のテニスコートのわきに、黒い物置と台座《だいざ》にのった日時計が見えた。どちらも、わたしたちにとって奇妙《きみょう》な縁《えん》のあるものだ。

口ひげをワックスで固めた小粋《こいき》で小柄《こがら》な男が、きびきびと馬車からおりているところだった。その男は、ノーフォーク警察《けいさつ》のマーティン警部《けいぶ》だと自己紹介《じこしょうかい》したが、ホームズの名をきくとかなりおどろいたようだった。

「ホームズさん、いったいどうして？　事件《じけん》はけさの三時に起こったんですよ。どうやってそれをロンドンでききつけ、こんなに早く現場《げんば》にやってこられたんです？」

「こうなるのではと予測《よそく》していたからです。なんとかふせごうとやってきたのですがね」

「わたしたちの知らない事情《じじょう》をご存知《ぞんじ》だということですね。というのも、この夫婦《ふうふ》はとても仲のいいことで知られていたんですから」

「ぼくが持っている証拠《しょうこ》は『踊《おど》る人形』だけです。それについては、のちほど説明しましょう。悲劇《ひげき》をふせぐには手おくれだったわけですから。ぼくがつかんだ情報《じょうほう》を公正な法の執行《しっこう》に役立てたいとねがうばかりです。あなたの捜査《そうさ》に協力させていただけますか？　それとも、ぼく個人《こじん》で動いたほうがいいですか？」

「いっしょに捜査していただければ光栄です、ホームズさん」警部は熱意をこめてそういった。

「ということであれば、ぐずぐずしないで、すぐにでも目撃者《もくげきしゃ》からの聴取《ちょうしゅ》や屋敷の捜査にとりかかりましょう」

マーティン警部は賢明《けんめい》にも、ホームズに好き勝手に捜査させ、その結果を丹念《たんねん》にノートに記録することで満足していた。

地元の医者は高齢《こうれい》の白髪頭《しらがあたま》の男で、キュービット夫人の部屋からおりてくると、深刻《しんこく》なけがではあるが、助かる見こみはあると報告《ほうこく》した。銃弾《じゅうだん》は前頭部にとどまっていて、意識《いしき》がもどるまでには時間がかかるだろうということだった。

夫人がだれかに撃《う》たれたのか、それとも自分で撃ったのかについては、はっきりとしたことはいえないといった。ただ、発砲《はっぽう》されたのが至近距離《しきんきょり》だったことはまちがいない。

部屋で発見された銃《じゅう》は一丁だけで、回転式の弾倉《だんそう》は銃弾ふたつ分が空の状態《じょうたい》だった。ヒルトン・キュービット氏は心臓《しんぞう》を射抜《いぬ》かれている。夫が妻《つま》を撃ってから自分を撃ったのか、それとも妻こそが犯人《はんにん》なのかは、銃がふたりのちょうど中間に落ちていたため、なんとも判断《はんだん》しがたいということだった。

「キュービット氏は動かしましたか?」ホームズがたずねた。

「いいえ、動かしたのは奥《おく》さんだけです。重傷《じゅうしょう》の奥さんを床《ゆか》にほったらかしにはできませんからね」

「先生、こちらにはいつから?」

「四時からです」

「ほかに、だれかいますか？」

「ええ、巡査《じゅんさ》がひとり」

「先生はなにかにふれられましたか？」

「いいえ、いっさい」

「たいへん、りっぱなふるまいです。どなたに呼《よ》ばれたんでしょう？」

「こちらのメイドのソーンダーズさんです」

「ほかの人に知らせたのも、その人で？」

「ええ、その人と料理人のキングさんです」

「ふたりはいまどこに？」

「キッチンでしょう」

「では、さっそくふたりに話をききにいくことにします」

高い位置に窓《まど》のあるオークの羽目板《はめいたば》貼りの古い玄関《げんかん》ホールが、取調べ室になった。

大きな古びた椅子《いす》にすわったホームズは、きびしい表情《ひょうじょう》をして、冷たい目をギラギラさせている。その目を見れば、救《すく》えなかった依頼人《いらいにん》の無念を晴らすまでは、命さえもささげようという覚悟《かくご》が感じられた。

ホームズ以外には、こざっぱりしたなりのマーティン警部《けいぶ》、白髪頭《しらがあたま》の年老いた医者、それにこのわたしと、鈍重《どんじゅう》そうな村の巡査《じゅんさ》というのが、この奇妙《きみょう》な捜査陣《そうさじん》のメンバーだ。

メイドと料理人のふたりの女性《じょせい》が語った話に不審《ふしん》な点はなかった。ふたりは一発の銃声《じゅうせい》で目をさましたのだが、すぐにつづいて二発目をきいた。ふたりの部屋はとなりあっていて、まず、キングさんがソーンダーズさんの部屋にかけつけた。そして、ふたりで階段《かいだん》をおりた。

書斎《しょさい》のドアがあいていて、机《つくえ》の上にロウソクの火が見えた。ふたりの主人は部屋のまんなかにうつぶせで倒《たお》れていた。死んでいるのはあきらかだった。窓のそばに奥《おく》さんがいて、頭を壁《かべ》にもたせかけてうずくまっていた。奥さんは大けがをしていて、顔の半分は血で真っ赤だった。はげしく息をしていたが、ことばを発することはできない。

廊下《ろうか》には部屋のなかとおなじように煙《けむり》と火薬のにおいがたちこめていた。窓はしまっていて、内側からロックされている。この点については、メイドと料理人のふたりともはっきり断言《だんげん》した。

ふたりはただちに医者と巡査を呼《よ》びにやった。それから馬屋から助っ人をふたり呼んで、けがをした奥さんを寝室《しんしつ》に運んだ。主人も奥さんもベッドを使った形跡《けいせき》はあった。奥さんはドレスに着替《きが》えており、夫は寝間着《ねまき》の上にガウンをはおっていた。書斎に荒《あ》らされたようすはなかった。

夫婦《ふうふ》のあいだでけんかをしているところなど、一度も見たことがないと女性ふたりは語った。とてもかたい絆《きずな》で結ばれた夫婦だと思っていたという。

こういったところが、ふたりの証言《しょうげん》の要点だ。

マーティン警部《けいぶ》にたずねられて、ふたりはドアはすべて内側からロックがかかっていたと明言した。当然、家から逃《に》げだしたものなどいるはずがないとも。

さらにホームズの質問《しつもん》に答えて、ふたりとも最上階の自分の部屋をでた瞬間《しゅんかん》から硝煙《しょうえん》のにおいを感じたと語った。

「この事実に関しては、十分心にとめておかれるようお勧《すす》めします」ホームズは警部にむかってそういった。「さて、それではこれから、現場《げんば》の捜査《そうさ》を徹底的《てってい》におこなうとしましょう」

現場となった書斎《しょさい》は小さな部屋で、壁《かべ》の三方を本にかこまれ、庭を見わたす窓辺《まどべ》に机《つくえ》が置かれていた。

わたしたちの目はまず、不運な貴族《きぞく》の死体へとそそがれた。大きな体がながながと寝《ね》そべっている。着衣の乱《みだ》れから、あわただしく眠《ねむ》りを破《やぶ》られたようすがうかがえる。銃弾《じゅうだん》は真正面から撃《う》ちこまれていて、心臓《しんぞう》を貫《つらぬ》いたのちに体内にとどまっていた。即死《そくし》だったようで、痛《いた》みを感じるひまもなかっただろう。火薬のあとはガウンにも手にもついていない。

医者によると、夫人の顔には火薬のあとがあったが、手にはなかったという。

「手に火薬のあとがなかったとしても、なにも意味はない。もし、あったとしたら決定的なんだがね」ホームズはいった。「薬莢《やっきょう》のできが悪くて火薬がうしろにとびだすのでもないかぎり、なんのあとものこさずに何発でも撃つことができるからね。キュービット氏の遺体《いたい》はもう動かしてもいいでしょう。そうだ先生、奥《おく》さんを傷《きず》つけた銃弾はまだとりだせていないんですね？」

「ええ、大がかりな手術《しゅじゅつ》が必要ですから。しかし、六発分の弾倉《だんそう》には四発の銃弾がのこっているんですよね。二発発射《はっしゃ》されて、ふたりを傷つけたんですから、銃弾を確認《かくにん》しなくても、どちらもその銃《じゅう》から放たれたと考えていいのでは？」

「そんな風に見えるでしょうね」ホームズはいった。「それでは、あの窓《まど》の縁《ふち》にあれほどはっきりと撃ちこまれた銃弾についても、ご説明いただけるんでしょうね？」

ホームズはさっとふりむいて、長く細い指で窓の縁の底から一インチほどのところにくっきりとあいた穴《あな》をさし示《しめ》した。

「なんということだ！」警部《けいぶ》が叫《さけ》んだ。「どうして気づかれたんですか？」

「さがしていたからですよ」

「すばらしい！」医者がいった。「たしかにおっしゃるとおりだ。第三の発砲《はっぽう》があったということは、第三者がいたということですからね。それにしても、だれにそんなことができたんでしょう？　それに、どうやってここから姿《すがた》を消したんでしょう？」

「それがこれから解《と》こうという謎《なぞ》なんですよ」シャーロック・ホームズがいう。「マーティン警部、ご記憶《きおく》のことと思いますが、使用人たちが部屋をでたとたんに硝煙《しょうえん》のにおいをかいだといったとき、その点をよく心にとめておくようにといいましたね？」

「ええ、おぼえていますとも。ですが、わたしにはいったいなんのことやら、さっぱり」

「つまり、発砲されたときには、部屋のドアだけではなく、窓《まど》もあいていたということです。さもなければ、においがそんなにすばやく家じゅうに広がることはありませんから。部屋に吹《ふ》きこむ風がなくてはならないのです。ただ、ドアと窓が同時にあいていたのは、ごく短い時間でしょうがね」

「それはまた、どうして?」

「ロウソクの蝋《ろう》の流れ方でわかります」

「すばらしい!」警部が叫ぶ。「まったく、すばらしい!」

「悲劇《ひげき》が起こったとき、窓があいていたと確信《かくしん》して、その場には第三の人物がいたと推測《すいそく》しました。その人物はあいた窓の外に立っていて、窓越《まどご》しに銃《じゅう》を撃《う》ったにちがいない。その人物にむけて撃った銃弾《じゅうだん》が、窓枠《わく》にあたる可能性《かのうせい》だってあるでしょう。そう考えてさがしたところ、たしかに弾痕《だんこん》があったということなんです!」

「でも、窓はなぜしめられ、ロックまでされたんでしょう?」

「奥《おく》さんがとっさに窓をしめてロックしたということでしょうね。いや、待てよ、これはなんだ?」

それは女性《じょせい》用のハンドバッグで、書斎《しょさい》のテーブルに置かれていた。ワニ革《がわ》にシルバーがほどこされたしゃれた小さなハンドバッグだ。

ホームズはバッグの口をあけてひっくり返し、なかのものをだした。イングランド銀行の五十ポンド紙幣《しへい》を二十枚《まい》、輪ゴムでたばねたものがでてきた。つまり千ポンドという大金だ。ほかにはなにもない。

「これはきちんと保管《ほかん》してくださいよ。裁判《さいばん》の際《さい》には重要な証拠《しょうこ》になりますから」

ホームズはそういうと、ハンドバッグとその中身を警部《けいぶ》に手わたした。「さて、それではこの第三の銃弾《じゅうだん》に光をあてることにしましょう。まず、部屋の内側から発射《はっしゃ》されたのはまちがいありません。料理人のキングさんに、もう一度話をうかがいましょう。さて、キングさん。あなたはとても大きな銃声《じゅうせい》で目をさましたとおっしゃいましたね？　二発目よりも大きく感じたということですか？」

「その音で目がさめたばっかりだったんで、はっきりとはわかりません。でも、とても大きな音でした」

「では、二丁の銃《じゅう》がほぼ同時に発砲《はっぽう》された音だとは考えられませんか？」

「はっきりとはわかりません」

「ぼくはそうにちがいないと思ってるんです。マーティン警部、この部屋にはもうこれ以上の手がかりはないと思います。もしよろしければ、ごいっしょねがえませんか？　庭にでて、新しい証拠を見つけましょう」

書斎の窓《まど》の下に広がる花壇《かだん》に近づきながら、わたしたちはいっせいにおどろきの声をあげた。花は踏《ふ》み倒《たお》され、やわらかい地面のいたるところに足跡《あしあと》がついていた。それは大きな男物の靴跡《くつあと》で、つま先が異様《いよう》に長くとがっていた。

ホームズは傷《きず》を負った鳥を追う猟犬《りょうけん》のように、草や葉のなかをさがしまわった。それから、満足げな声をあげると、前かがみになって小さな真鍮製《しんちゅうせい》の薬莢《やっきょう》を拾い上げた。

「思ったとおりだ」ホームズはいう。「あのリボルバーには空薬莢をはじきだす装置《そうち》がついていたんだ。ほら、これが第三の薬莢ですよ。マーティン警部《けいぶ》、これで事件《じけん》はほぼ解決《かいけつ》したといっていいでしょう」

ホームズのすばやく手際《てぎわ》のいい捜査《そうさ》の進展《しんてん》に、警部はさもおどろいたような顔をしている。最初のうちは、なんとか自分の立場を守ろうとするようすも見せていたが、いまとなっては、完全に打ち負かされて、なんの疑問《ぎもん》も抱《いだ》かずにホームズのことばを信じるつもりのようだ。

「容疑者《ようぎしゃ》はだれだとお思いで?」警部はたずねた。

「それはあとまわしにしましょう。この問題には、まだ説明しきれない点がいくつかのこっているんでね。とにかくここまでたどり着いたんだから、このままぼくの推理《すいり》に沿《そ》って進めていくのがいいでしょう。そうすれば、いずれなにもかもがはっきりするでしょうから」

「おまかせしますよ、ホームズさん。犯人《はんにん》をつかまえられればそれでいいんです」

「わざわざ謎《なぞ》めかそうなんていうつもりはないんですが、この肝心《かんじん》なときに、いちいち長くて複雑《ふくざつ》な説明をしているわけにはいかないんでね。事件の糸口は、すべてぼくの手のうちにあります。たとえ夫人が意識《いしき》をとりもどさないとしても、ここで起こったことをすべて再構築《さいこうちく》して、正義《せいぎ》を果たすことはできます。手はじめに教えてください。このあたりに『エルリッジ』と呼《よ》ばれる宿はありませんか？」

使用人たちにたずねても、だれもそのような宿はきいたことがないという。それでも、馬屋番の少年がそんな名前の農家がイースト・ラストンの方に何マイルかいったところにあると思いだした。

「さびしいところかな？」

「すごく、さびしいところです」

「夜のあいだに起こったことは、まだそこの連中の耳には、はいっていないと思うかい？」

「ええ、たぶん」

ホームズはすこし考えていたが、やがて不思議な微笑《びしょう》を浮《う》かべた。

「馬に鞍《くら》をつけてもらおうか」ホームズはいった。「きみにそのエルリッジ農場まで手紙を届《とど》けてほしいんだ」

ホームズはポケットから「踊《おど》る人形」が描《えが》かれた紙をたくさんとりだした。それらを前に、書斎《しょさい》の机《つくえ》にむかってしばらくなにやらやっていた。

それから、手紙を少年にわたすと、かならず宛名《あてな》の人物に直接《ちょくせつ》手わたすように指示《しじ》をあたえた。そして、その人物からなにかたずねられても、いっさい答えないように、とも念をおした。

手紙の宛名がわたしの目にはいったが、ふだんのホームズの几帳面《きちょうめん》な文字とはかけはなれた、のたうつような文字が書かれていた。「ノーフォーク州イースト・ラストン、エルリッジ農場気付　エイブ・スレイニー様」と読めた。

「警部《けいぶ》、おねがいがあります」ホームズがいった。「電報《でんぽう》で護送《ごそう》官を呼《よ》んでください。もし、ぼくの推理《すいり》が正しければ、とてつもなく危険《きけん》な犯罪者《はんざいしゃ》を州の刑務所《けいむしょ》に送りこむことになりますから。この少年はメモを届ける前に電報を打ってくれるでしょう。それから、ワトソン、もし、ロンドン行きの汽車に午後の便があるなら、ぼくたちはそれに乗ることにしよう。終わらせなくちゃいけない興味深《きょうみぶか》い化学分析《ぶんせき》がのこっているし、今回の事件《じけん》も一挙に終局にむかっているからね」

少年が手紙を手にでかけると、シャーロック・ホームズは、使用人たちに指示をあたえた。もし、だれか訪問者《ほうもんしゃ》がやってきて、キューピット夫人に面会を求めても、容体《ようだい》はいっさい告げずに応接間《おうせつま》にとおすように、という指示だ。この点については、かならずいわれたとおりにするよう、強くいいふくめた。

そのあと、ホームズは、これで事件はぼくたちの手をはなれた、といいながら応接間にむかい、しばらくのあいだ、どんな進展《しんてん》があるのか、じっくり待つとしようといった。

医者は患者《かんじゃ》があるからと帰っていき、のこったのはわたしたちと警部だけになった。

「これからの一時間ほどを、おもしろくて有益《ゆうえき》なものにしてあげよう」ホームズは椅子《いす》をひいてテーブルにむかい、踊《おど》る人形が描《えが》かれたたくさんの紙を前に広げた。

「わが友、ワトソン。こんなにも長いあいだ、きみの好奇心《こうきしん》を満足させずにいたつぐないをしなくちゃな。それから、警部《けいぶ》。あなたにとって、この事件《じけん》はプロの研究心に強く訴《うった》えかけるものになるでしょう。まず最初に、ヒルトン・キュービット氏がベイカー街へ相談にやってきたときの興味深《きょうみぶか》い状況《じょうきょう》からお話ししなくてはいけませんね」

それから、わたしがすでに書きとめた事実の要点を簡潔《かんけつ》に話した。

「ここに広げた奇妙《きみょう》なものは、もし、おそろしい悲劇《ひげき》の前ぶれだと知らなければ、思わず微笑《ほほえ》んでしまうようなものでしょう。

ぼくはあらゆる種類の暗号に精通《せいつう》しているし、暗号について、ほんのささやかな研究論文《ろんぶん》も書いています。百六十種類の暗号を分析《ぶんせき》したものなんですがね。

しかし、今回のこの暗号はまったく目新しいものです。この暗号を発明した人間の意図はあきらかで、これらの絵文字がメッセージを伝えるものであることをかくして、ただの子どもの落書きと見せかけるところにあるんです。

それでも、いったん気づいてしまえば、それぞれの人形が文字をあらわしていて、どんな暗号にもあてはまるような単純《たんじゅん》な法則《ほうそく》に基《もと》づいているので、解読《かいどく》はきわめて簡単《かんたん》でした。

最初に受けとったメッセージは短すぎて、自信を持っていえるのは「」が「E」をあらわしていることぐらいでした。お気づきのとおり、英語のアルファベットのなかで「E」はいちばん使用頻度《ひんど》の高い文字です。とても目立つので短い文章のなかでもいちばん多く見つけられるものです。

最初のメッセージの十五の人形のうち、四つがおなじもので、これを「E」だと考えるのが自然です。おなじかっこうの人形でも、旗を持っているものとそうでないものがあるのですが、使われ方から見ると、旗を持つものが単語の区切りになっていると考えていいでしょう。ぼくはこうした仮説《かせつ》を立てて、「」を「E」におきかえました。

しかし、たいへんなのはこの先です。「E」につづいて多く使われる文字は、はっきりとは決めがたくて、仮《かり》に印刷物の一ページの平均《へいきん》をとってみても、短い文章のなかでは、ぜんぜんちがう順序《じゅんじょ》になってしまうかもしれません。それでも、おおざっぱにいって頻度《ひんど》の高い順にならべると「T」、「A」、「O」、「I」、「N」、「S」、「H」、「R」、「D」、「L」となります。ただ、「T」、「A」、「O」、「I」はほぼおなじ程度《ていど》なので、意味を持つ組み合わせをさぐるのは、きりのない作業になってしまいます。なので、新しい材料が届《とど》くのを待つことにしました。

ヒルトン・キュービット氏と二度目にあった際《さい》に、二種類の短い文章らしきものと、旗がないのでおそらくはひとつの単語と思われる暗号を受けとりました。ここにあるのがそれです。

ひとつの単語と思われる五つの絵文字のうち、二番目と四番目は「E」です。だとすると、意味のある単語としては「SEVER」(切断《せつだん》する)、「LEVER」(レバー)、「NEVER」(けっして……しない)ぐらいしかありません。状況《じょうきょう》から考えると、この暗号は夫人によって書かれたものなので、なにかの問いかけに対する答えだと考えるなら「NEVER」がいちばんありそうです。だとしたら「」「」「」

はそれぞれ「N」、「V」、「R」となります。

これでもまだまだ解読《かいどく》はむずかしいのですが、ふと名案が浮《う》かんで新たな文字がいくつかわかりました。その名案というのは、これらの暗号が以前夫人と親しかった人間からのものであるなら、ふたつのEのあいだに三文字はさまった単語は、夫人の名前「ELSIE《エルシー》」にちがいないというものです。この組み合わせで終わる暗号文が、三度くり返してあらわれていたことに気づいたのです。どうやら、「ELSIE」になにかを訴《うった》えかけているのはまちがいないようです。こうして、「L」、「S」、「I」が手にはいりました。

しかし、これはいったいどんな訴えなのでしょう? 「ELSIE」の前にあるのは四文字の単語です。そして、それは「E」で終わっている。これは「COME」(来い)にちがいありません。「E」で終わる四文字の単語すべてにあたりましたが、これ以外のものでは意味をなしません。これで、さらに「C」、「O」、「M」も手にはいりました。

これらを最初のメッセージにあてはめてみましょう。単語の切れ目はあけて、まだわかっていない暗号は「●」におきかえます。するとこうなりました。

●M　●ERE　●●E　SL●NE●

最初の文字は「A」以外にはありえません。この発見はとても有益《ゆうえき》です。こんな短い文章のなかに三回もでてくるんですから。そして、二番目の「●」が「H」なのもあきらかです。これでこうなります。

AM　HERE　A●E　SLANE●

うしろのふたつの単語が名前だと考えて「●」を埋《う》めると

AM HERE ABE SLANEY（ここにいるぞ、エイブ・スレイニー）

これだけ多くの文字が判明《はんめい》すれば、二番目のメッセージにも自信を持ってとり組めます。すると、こうなります。

A● ELRI●ES

欠けた部分にあてはまるのは「T」と「G」だけです。これはどうやら、メッセージを送った人物が滞在《たいざい》している家か宿ということになるでしょう」

マーティン警部《けいぶ》とわたしは、ホームズがこのむずかしい問題を結論《けつろん》にいたるまで完全にくもりなく解《と》きほぐしていくさまを、最大限《さいだいげん》の好奇心《こうきしん》を持って耳をかたむけていた。

「それで、どうされたんですか？」警部《けいぶ》がたずねた。

「このエイブ・スレイニーという人物がアメリカ人だと考える根拠《こんきょ》はたくさんありました。エイブというのはエイブラハムのアメリカ流略称《りゃくしょう》だし、このおかしな事件《じけん》のはじまりがアメリカから届《とど》いた手紙だったんですからね。

さらに、この事件には秘密《ひみつ》の犯罪《はんざい》がからんでいると考える根拠もたくさんありました。夫人が自分の過去《かこ》についてなにやらほのめかしていたことや、夫に秘密を打ち明けることをかたくなに拒《こば》んでいたことからもわかります。

そこでぼくは、ニューヨーク警察《けいさつ》の友人ウィルソン・ハーグリーブに電報《でんぽう》を打ちました。彼《かれ》にはロンドンの犯罪について一度ならず知恵《ちえ》を授《さず》けた恩《おん》があったものですから。

まずは、エイブ・スレイニーという名前に心あたりがあるかたずねました。返事はこうです。

『シカゴでもっとも危険《きけん》な悪党《あくとう》だ』

その電報を受けとった夜に、ヒルトン・キュービット氏がスレイニーからのメッセージを送ってきたんです。わかっている文字をあてはめるとこうなります。

ELSIE ●RE●ARE TO MEET THY GO●

最初のふたつの「●」が「P」、最後が「D」だとすると、『エルシー、神のもとへいく用意をしろ』となりますね。悪党が、説得から脅《おど》しに切り替《か》えたということです。

もっとも危険な悪党なら、すぐさま、ことばを実行に移《うつ》すだろうと考えました。そこで、わが友にして相棒《あいぼう》のワトソン博士とともに、ノーフォークへかけつけたというわけです。しかし、不幸なことに、最悪の事態《じたい》が起こってしまっていました」

「あなたといっしょに、この事件にたずさわることができて光栄でした」警部が心をこめてそういった。「しかし、失礼ながら率直《そっちょく》にいわせてもらいます。あなたが責任《せきにん》を持っているのはあなた自身だけですが、わたしには上司への責任があります。

エルリッジ農場にいるそのエイブ・スレイニーとやらが、ほんとうに殺人犯《さつじんはん》だとして、こうやってわたしたちがくつろいでいるあいだに逃《に》げでもしたら、わたしは相当やっかいなことになるんですがね」

「あせることはありません。やつは逃げたりしませんから」

「どうしてわかるんです？」

「逃げたら、罪《つみ》を認《みと》めることになりますからね」

「それでは、つかまえにいきましょう」

「すぐに、ここにあらわれますよ」

「それはまたどうして？」

「ここにくるように書いたからです」

「なにをおっしゃるんです、ホームズさん！　あなたからくるようにいわれて、どうしてのこのこやってくるんです？　そんなことをしたら、あやしんで、とっとと逃げてしまいますよ！」

「暗号の書き方は心得ているつもりですからね」シャーロック・ホームズはいった。「実際《じっさい》のところ、ぼくのかんちがいでなければ、ほら、その本人がやってきましたよ」

男がひとり、大またで玄関《げんかん》に近づいてくる。背《せ》が高く、日に焼けたハンサムな男で、グレイのフランネルのスーツを着て、パナマ帽《ぼう》をかぶっている。黒々《くろぐろ》とした口ひげをたくわえ、気の荒《あら》そうなカギ鼻《ばな》で、ステッキをふりまわしながら歩いている。まるで自分の土地でもあるかのように堂々《どうどう》としていて、自信たっぷりに呼《よ》び鈴《りん》をひびかせている。

「さて、みなさん」ホームズが静かにいった。「ドアのうしろに身をかくしたほうがいいでしょう。ああいうやつらを相手にするときは、あらゆる警戒《けいかい》をするにこしたことはないからね。警部《けいぶ》は手錠《てじょう》のご用意を。話の相手はぼくがやります」

わたしたちは、しばらくのあいだ、だまったまま待った。いつまでたってもわすれられない時間だった。

そこへドアがあいて、男が足を踏《ふ》みいれた。つぎの瞬間《しゅんかん》、ホームズは男の頭にピストルをつきつけ、マーティン警部《けいぶ》が手錠《てじょう》をはめた。あまりにもすみやかに、手際《てぎわ》よくおこなわれたので、男が気づいたときにはもう手おくれだった。

男はぎらぎらした黒い目で、わたしたちを順番にねめつけていく。それから、とつぜん、苦々《にがにが》しげに笑い声をあげた。

「なるほど、紳士諸君《しんししょくん》。まんまとやられたようだな。どうやら、めんどうなことになったようだ。だが、おれはキューピット夫人から手紙を受けとってやってきたんだぞ。まさか、夫人もグルなんじゃないだろうな？　おれをはめる手助けをしたなんていわないでくれよ」

「キューピット夫人は大けがをして、死の床《とこ》についている」

男は家じゅうをゆるがすような、悲しげなうめき声をあげた。

「ばかなことをいうな！」男は叫《さけ》んだ。「けがをしたのはやつのほうだ、彼女《かのじょ》じゃない。だれがかわいいエルシーを傷《きず》つけたりするものか。神よ許《ゆる》したまえ。おれはたしかにエルシーを脅《おど》しはした。だが、かわいらしい頭の髪《かみ》一本にだってふれたりするものか。きさま、とり消すんだ！　けがなんかしていないというんだ！」

「夫人は亡《な》くなったご主人のかたわらで、大けがをしているところを発見されたんだ」

男は深いうめき声とともにどさりとソファーに腰《こし》かけ、手錠をはめられた両手で顔をおおった。五分ほどのあいだ、だまっていたが、もう一度顔を上げると、絶望《ぜつぼう》のせいか冷たく落ち着いた声で話しはじめた。

「紳士諸君、かくしだてするようなことはなにもない。おれはたしかにあの男を撃《う》ったが、先に撃ったのはやつのほうだ。これは殺人なんかじゃない。もし、おれが彼女を傷つけたと思っているんなら、あんたがたはなんにもわかっちゃいないのさ。おれのことも、彼女のことも。おれが彼女を愛したほど深くだれかを愛した男など、この世にはひとりだっていない。

おれには彼女《かのじょ》に対する権利《けんり》があったんだ。彼女が何年も前に約束したんだから。

おれたちのあいだに割《わ》りこもうとするなんて、あのイギリス男はなにさまのつもりなんだ？　おれには優先権《ゆうせんけん》があるんだよ。おれはただ、自分のものを手にいれようとしただけなんだ」

「彼女はおまえがどんな人間かを知って、関係を断《た》ち切ろうとしたんだよ」ホームズがきびしい声でいう。「おまえからのがれるためにアメリカを去って、イングランドの誇《ほこ》り高き紳士《しんし》と結婚《けっこん》した。おまえは彼女につきまとって追いつめ、彼女の人生をみじめなものにすることで、愛して尊敬《そんけい》する夫を捨《す》てさせようとしたんだ。そして、おそれ憎《にく》んでいるおまえといっしょに逃《に》げるようしむけた。おまえはりっぱな紳士に死をもたらしたあげく、その妻《つま》を自殺へと追いこんだんだぞ。これがおまえのやったことなんだ。エイブ・スレイニー、おまえは法のもとで、罪《つみ》をつぐなうことになる」

「エルシーが死んでしまうのなら、おれはどうなろうとかまわない」アメリカ人はいった。片手《かたて》をひらいて、手のひらににぎられていたしわくちゃの紙に見いっている。「ほら、これを見てくれ」目に疑《うたが》いの光をゆらめかせながらいった。「これがあれば、おれを脅《おど》そうとしたってむだなんだ。わかるか？　おまえがいうとおり、エルシーが危険《きけん》な状態《じょうたい》なんだとしたら、いったいだれが、この手紙を書いたっていうんだ？」」男はその紙をテーブルの上に投げだした。

「ぼくが書いたんだ。おまえを呼《よ》びよせるために」

「おまえが書いただと？　踊《おど》る人形の秘密《ひみつ》は、仲間以外だれひとり知らないんだ。おまえなんかに、どうやって書けたっていうんだ？」

「だれかが作り上げたものなら、ほかのだれかに解《と》き明かすことだってできるんだよ」ホームズはそういった。そして、つづける。

「スレイニーさん、あなたをノリッジへ送る馬車がこちらにむかっています。ですが、ちょっとしたつぐないをしてもらう時間はあります。あなたが傷《きず》を負わせた人のためにね。あなたはキューービット夫人に夫殺害の容疑《ようぎ》がかかっていることにお気づきですか？　そして、ぼくがここにやってきて、調べ上げた知識《ちしき》を披露《ひろう》しなければば、告発もまぬがれなかったということも？　彼女《かのじょ》には直接《ちょくせつ》的にはもちろん、間接《かんせつ》的にもこの悲劇《ひげき》的な結末にいっさいの責任《せきにん》がないことを、世間にはっきりとさせること、それが、最低限《さいていげん》あなたがやらなければならないことなのです」

「それはねがってもないことだ」アメリカ人はいった。「おれにとって、ありのままの真実を語るのがいちばんいいことだろうな」

「職務《しょくむ》上警告《けいこく》しておくが、おまえの証言《しょうげん》は、おまえを不利な立場に追いこむことになるかもしれないぞ」警部《けいぶ》がイギリスの刑法《けいほう》の公正な理念に基《もと》づいて、そう声をあげた。

スレイニーは肩《かた》をすくめた。

「まあ、それは運にまかせるとしよう。まず最初に、彼女とは子どものころからのつきあいだということを知っていただきたい。

シカゴのギャング仲間は七人いて、エルシーの父親がそのボスだった。パトリック親父っていうんだが、賢《かしこ》い男でね。あの暗号を考えだしたのもその男さ。そう、あんたが解《と》き明かさなければ、ただの子どもの落書きだと見すごされてしまっただろう、あの踊《おど》る人形のことさ。

エルシーもいくらかはギャングのやり方に通じていたんだが、悪事に手を染《そ》めることはできなかったよ。いくらかはまっとうな財産《ざいさん》もあったから、おれたちから逃《に》げてロンドンにいってしまった。

エルシーはおれと婚約《こんやく》していたんだから、もし、おれがギャングから足を洗《あら》ったら、結婚《けっこん》していたでしょうよ。ただ、こんな稼業《かぎょう》には耐《た》えられなかったんだろうな。

おれが彼女の居所《いどころ》をつきとめたのは、あいつと結婚した直後だった。おれは手紙を書いたが、返事はこなかった。それで、はるばるやってきたんだ。手紙が役に立たないのなら、あの子の目にふれる場所に、直接メッセージを届《とど》けるためさ。

おれがここにきてから、およそ一か月になる。農場で下の階に部屋を借りてるから、毎晩《まいばん》だって、自由に出入りできる。エルシーを説き伏《ふ》せようと、できることはなんでもやった。あの子がメッセージを読んだのはわかっていた。一度、こちらのメッセージの下に返事を書いてよこしたから。

やがておれのがまんにも限界《げんかい》がきて、脅《おど》しはじめた。すると手紙をくれたよ。もし、夫の身にスキャンダルでも起こったら心が張《は》り裂《さ》けてしまうだろうから、どこかへいってくれという内容《ないよう》さ。

彼女《かのじょ》は夫がぐっすり眠《ねむ》っている明け方の三時にならば、ここで会えると書いてきた。そして、そのあとでここから立ち去って、ほうっておいてくれるのなら、窓越《まどご》しに話しあおうというんだ。

彼女はほんとうにやってきた。金を持ってな。おれを買収《ばいしゅう》しようっていうんだ。それでおれは頭にきたんだ。おれは彼女の腕《うで》をつかんで、窓《まど》からひっぱりだそうとした。その瞬間《しゅんかん》、夫がピストルを手にあわててとびこんできた。エルシーは床《ゆか》に倒《たお》れていた。

おれたちはにらみあった。おれも銃《じゅう》を持っていたから、それをかまえた。やつをこわがらせて、追いはらうためにさ。やつが先に撃《う》ってきた。弾《たま》ははずれた。おれもほぼ同時に撃って、やつは倒れた。おれは庭を横切って逃《に》げた。うしろから窓がしまる音がきこえた。

これが嘘《うそ》いつわりのない真実さ。一言一句《いちごんいっく》ね。そのあとのことはなにも知らない。あの少年があの手紙を持って馬でやってきて、おれはまんまとだまされてのこのこやってきたというわけだ。そして、こうしてつかまった」

アメリカ人が話しているあいだに馬車はもうやってきていた。制服姿《せいふくすがた》の警官《けいかん》がふたり乗っていた。

マーティン警部《けいぶ》は立ち上がると犯人《はんにん》の肩《かた》に手をおいた。

「そろそろいこうか」

「その前に、彼女に会えないか?」

「だめだ。まだ意識《いしき》がないんだ。シャーロック・ホームズさん、将来《しょうらい》、今回のような重大な事件《じけん》が起こったら、ぜひともまたごいっしょさせていただきたいものです」

わたしたちは窓際《まどぎわ》に立って走り去る馬車を見送った。ふり返ると、あの男がテーブルの上に投げ捨《す》てた紙屑《かみくず》が目にはいった。ホームズがあいつをおびきだしたメッセージだ。

「さあ、読めるかな、ワトソン？」微笑《ほほえ》みながらホームズがいう。

そこには文字ではなく、あの人形たちが踊《おど》っていた。

「ぼくが説明した手がかりを使えば、この単純《たんじゅん》な暗号はきみにもすぐわかるだろう。『すぐにきて』と書いてあるんだ。あいつがそんな誘《さそ》いを無視《むし》できるわけがないと思ったからね。あの夫人以外のだれかが書いたなんて、考えもしなかったろうから。

どうだいワトソン、これで、これまで何度も邪悪《じゃあく》な目的に使われてきた踊る人形たちが、ようやくいい仕事を果たしたってわけだ。きみのコレクションになにか実におもしろい事件《じけん》を加えさせてあげるという約束も果たしたと思うんだがね。ぼくたちの乗る汽車は三時四十分発だ。ベイカー街には夕食までにもどれるな」

最後にひとことだけ書き添《そ》えよう。あのアメリカ人、エイブ・スレイニーは、ノリッジの冬の巡回裁判《じゅんかいさいばん》で死刑《しけい》の判決《はんけつ》を受けた。しかし、ヒルトン・キュービットが先に発砲《はっぽう》したことがたしかで、情状酌量《じょうじょうしゃくりょう》の余地《よち》もあるということで、のちに懲役刑《ちょうえきけい》にあらためられた。

キュービット夫人に関しては、その後完全に回復《かいふく》して、未亡人《みぼうじん》のまま、貧《まず》しい人たちへの奉仕《ほうし》と亡《な》き夫の財産《ざいさん》管理に人生をささげているということだ。

まだらの紐《ひも》

The Adventure of the Speckled Band

友人であるシャーロック・ホームズが、この八年のあいだにかかわってきた七十件《けん》ほどの風変わりな事件《じけん》を、わたしは書きとめてきた。

その事件簿《じけんぼ》をつらつらながめていると、悲劇《ひげき》はたくさんある。喜劇《きげき》もいくらか見られるが、多くはただ単に風変わりといえる事件だ。しかし、ありふれたものはただのひとつもない。それもそのはず、ホームズは富《とみ》を得るためではなく、自らの推《すい》理《り》の技《わざ》を活かしたくて事件にとり組んでいるのだから。

ホームズはそれが常《つね》ならざる事件、できるものなら芸術《げいじゅつ》的といっていい事件でなければ、断固《だんこ》として捜査《そうさ》に乗りだそうとはしない。

しかしながら、さまざまな彩《いろど》りを見せる事件のなかでも、サリー州ストーク・モーランの有名な一家、ロイロット家に起こった事件ほどきわだったものは、ほかに思い起こすことができない。

この事件が起こったころ、わたしたちはひとり者同士、ベイカー街のおなじ下宿で暮《く》らしていた。わたしがホームズとつきあいはじめてまだ日の浅いころのことなので、もっと早く公表することもできたのだが、当時、依頼人《いらいにん》と秘密《ひみつ》にする約束を交わしたため、それはかなわなかった。

ところが、つい先月、約束を交わした当のご婦人《ふじん》が急逝《きゅうせい》されたため、公表できることになったというわけだ。それに、いまになって事実が明るみにでるのは、おそらくいいことだと思われる。というのも、グリムズビー・ロイロット博士の死に関して噂《うわさ》が広まっていて、それがまた、真実よりはるかにおそろしいものになっているからだ。

それは一八八三年四月はじめのある朝のことだった。ふと目をさますと、すでに着替《きが》えをすませたシャーロック・ホームズがベッドの脇《わき》に立っている。

ホームズはふだん早起きではないのに、炉棚《ろだな》の上の時計を見ると、まだ七時十五分をすぎたばかりだ。わたしはまばたきしながらホームズを見上げた。おどろいていたのもあるし、わたし自身の習慣《しゅうかん》を破《やぶ》られたことへの怒《いか》りも多少あっただろう。

「起こしてしまって悪かったな、ワトソン」ホームズがいう。「でも、けさはみんながおなじ目にあってるんだ。まず、ハドソンさんがたたき起こされ、ハドソンさんは腹《はら》いせにぼくをたたき起こし、ぼくがきみをたたき起こしたというわけさ」

「なにがあったんだい、火事なのか?」

「いや、依頼人《いらいにん》だよ。若《わか》いご婦人《ふじん》が、おそろしくとり乱《みだ》したようすでやってきて、どうしてもぼくにあわせてほしいといってるらしい。応接間《おうせつま》で待ってもらってるけどね。

若い女性《じょせい》がこんなに朝早くから街をうろついて、寝《ね》ぼけまなこの人たちをベッドからたたき起こしてるんだから、よほどの事情《じじょう》があるんだろうな。もしそれがおもしろい事件《じけん》だとしたら、きみは最初っからおっかけたいだろうと思ってね。それでこうしてきみを起こしてチャンスをあたえたってわけだ」

「それはありがたいね。たしかに、なにひとつ見のがすわけにはいかないな」

ホームズの事件の捜査《そうさ》にかかわることは、わたしにとってなによりのよろこびだ。いつも感心させられるそのすばやい推理《すいり》は、直感に導《みちび》かれているかに見えながら、根底には、提示《ていじ》された問題を分析《ぶんせき》した上での論理《ろんり》的な裏付《うらづ》けがかならずある。

わたしは大急ぎで着替《きが》えると、ほんの数分でホームズとともに応接間へおりていった。窓際《まどぎわ》にすわっていたそのご婦人は、わたしたちが部屋にはいると立ち上がった。黒い服を身につけ、分厚《ぶあつ》いベールで顔をかくしている。

「おはようございます」ホームズが明るい調子でいう。「シャーロック・ホームズです。こちらは、親友で捜査協力者のワトソン博士。ぼくひとりに話すのとおなじくらい自由に話してください、なにも心配はありませんから。さてと、これはありがたい。ハドソンさんが気をきかせて、暖炉《だんろ》に火をいれてくれてるぞ。どうぞ火のそばへ。熱いコーヒーもたのみましょう。ふるえていらっしゃるではありませんか」

「寒くてふるえているわけではありません」そのご婦人は低い声でそういいながら、

いわれたとおり火のそばの椅子《いす》にすわりなおした。

「では、どうして？」

「こわいからですよ、ホームズさん。おそろしくてたまらないんです」そういいながらベールを上げたので、かわいそうなぐらいにとり乱《みだ》しているようすがはっきり見えた。顔はまっさおで、狩《か》り立てられた動物のように、目がおどおどとゆれている。顔立ちや立ち姿《すがた》からは三十代かと思われるのだが、髪《かみ》には白いものが混《ま》じり、その表情《ひょうじょう》は疲《つか》れ切ってげっそりしている。

シャーロック・ホームズは、そのご婦人《ふじん》の全身にすばやく視線《しせん》を走らせた。

「こわがることなどありません」ホームズは前かがみになってご婦人の腕《うで》を軽くたたきながら、なだめるようにそういった。「ぼくたちですぐに解決《かいけつ》してみせますから。お約束します。あなたは、けさの汽車でいらっしゃいましたね」

「わたしのことをご存知《ぞんじ》なんですか？」

「いいえ、そうではありません。ただ、あなたの左手に、往復切符《おうふくきっぷ》の帰りの分がにぎられていますから。さぞかし早朝からの出発だったんでしょう。一頭立ての二輪馬車に乗って、ずいぶん長い距離《きょり》を走りましたね。それに駅までは長くて荒《あ》れた道のようです」

ご婦人はひどくおどろいたようすで、うろたえたようにまじまじとホームズを見つめた。

「なにもおどろくようなことではないんですよ」ホームズはにっこり微笑《ほほえ》みながらいった。「ジャケットの左の袖《そで》に、すくなくとも七か所、泥《どろ》はねがあります。どれも、ついたばかりのほやほやだ。こんな風に泥をはね上げるのは二輪馬車以外に考えられないし、御者《ぎょしゃ》の左側にすわっていたのもあきらかです」

「どのように推測《すいそく》されたかはともかく、おっしゃるとおりです。家をでたのは六時前で、レザーヘッド駅までは二十分ほどかかります。そこから、ウォータールー行きの始発列車に乗りました。

ホームズさん、わたしはもうこれ以上がまんできません。このままだと、きっと気がふれてしまうでしょう。わたしにはたよりにできる人はだれひとりもいません。ひとりもです。いえ、ひとりいるのですが、その人はわたしを救《すく》うことはできないんです。ああ、かわいそうなあの人。

ホームズさん、あなたのことはファリントッシュさんからうかがいました。たいへんな目にあっていたとき、あなたに助けていただいたとか。こちらの住所もファリントッシュさんからきいてきました。

どうかおねがいです。わたしのことも助けてください。せめて、わたしをとり巻《ま》いている深い闇《やみ》に、わずかな明かりを灯してくださいませんか？　いまのわたしには、捜査《そうさ》へのお礼をお支払《しはら》いする力もないのですが、一か月か一か月半後には結婚《けっこん》することになっておりまして、自由にできるお金も手にはいります。そうなれば、きっとご恩《おん》にむくいることもできます」

ホームズは机《つくえ》の方にむいて、鍵《かぎ》をあけると小さなノートをとりだした。事件《じけん》を記録してあるノートだ。

「ファリントッシュさんか。ああ、なるほど、思い出しました。『オパールのティアラ事件』ですね。これはたしか、きみと組む前の事件だったな、ワトソン。さて、ひとつだけもうしあげておきます。お友だちの事件のときとおなじように、よろこんでご依頼《いらい》を引き受けましょう。お礼とおっしゃいましたが、ぼくにとっては事件そのものがお礼なんです。ただ、ご都合のいいときに、かかった実費だけお支払《しはら》いいただくかはあなたしだいです。

それでは、さっそくお話をうかがいましょう。どうぞ、事件の解決《かいけつ》にすこしでも役に立ちそうなことはなにもかも話してください」

「もちろんです!」依頼人《いらいにん》が話しはじめた。

「わたしがこれほどおそろしい思いをしているのは、それがあまりにもつかみどころがなくて、ひとつひとつがほんのささいなことばかりだからなんです。ほかの人からは、きっととるに足りないことにしか見えないでしょう。

ですから、ほかのだれよりもわたしを助け、アドバイスをしてくれるはずのあの人までが、神経質《しんけいしつ》な女のたわごとだと決めつけるんですから。口にだしてそういったわけではありません。でも、あの人のなだめるような口ぶりや目をそらすようすからわかるんです。

ですが、ホームズさん、あなたには人の心の奥深《おくふか》くにあるさまざまな邪悪《じゃあく》なところを見抜《みぬ》くお力があるとうかがっています。どうか、危険《きけん》のただなかをどのように歩いていけばよいのか教えてください」

「もちろんです。さあ、つづけてください」

「わたしはヘレン・ストーナーと申します。現在《げんざい》、義父《ぎふ》といっしょに暮《く》らしているのですが、その義父と申しますのが、イングランドで最も由緒《ゆいしょ》正しいサクソン系《けい》の家系《かけい》、サリー州の西のはずれにあるストーク・モーランのロイロット家最後のひとりです」

ホームズはうなずきながらいった。「その名前なら知っています」

「ロイロット家はイングランドで最も資産家《しさんか》だった時期もあって、領地《りょうち》は北はバークシャー州、西はハンプシャー州にまで広がっていました。

ところが、前世期になると四代にもわたって自堕落《じだらく》な浪費家《ろうひか》がつづいた上に、摂政《せっしょう》時代には博打《ばくち》好きな当主があらわれて、ついにおちぶれ果ててしまいました。のこされたのはわずか数エーカーの地所と、築《ちく》二百年をこえた古い屋敷《やしき》という始末です。しかも、それらも何重もの抵当《ていとう》にはいっています。

先代の当主は貧民貴族《ひんみんきぞく》とでもいうようなみじめな生活をその屋敷で送っていました。しかし、そのひとり息子であるわたしの義父は、なんとか新しい地位を築《きず》こうと、親戚《しんせき》から借金をして医学博士の学位を手にし、インドのカルカッタにわたって、そのたしかな技術《ぎじゅつ》と人望でりっぱな病院を経営《けいえい》していました。

ところが、家のなかでたびたびものが盗《ぬす》まれるのに腹《はら》を立てて、現地《げんち》で雇《やと》っていた執事《しつじ》をなぐり殺してしまい、あやうく死刑《しけい》の判決《はんけつ》を受けるところでした。

それでも、長いあいだ獄《ごく》につながれていた末に、ようやくイングランドにもどってきはしたものの、すっかり陰気《いんき》で気難《きむずか》しい人になってしまいました。

そのロイロット博士とわたしの母が結婚《けっこん》したのはインドにいるときです。母はベンガル砲兵隊《ほうへいたい》のストーナー少将《しょうしょう》夫人だったのですが、若《わか》くして夫、つまりわたしの父と死にわかれています。

母がロイロット博士と再婚《さいこん》したとき、わたしと双子《ふたご》の姉ジュリアはまだ二歳《さい》でした。母には年千ポンド以上もの収入《しゅうにゅう》があったのですが、全額《ぜんがく》をロイロット博士にゆずりわたしました。

ただし、それはわたしたち姉妹が義父《ぎふ》と暮《く》らしているあいだだけのことで、わたしや姉が結婚したときには、そのなかから毎年かなりの金額《きんがく》がわたしたちにわたされるという契約《けいやく》です。

イングランドにもどってきてすぐに母は亡《な》くなりました。八年前にクルー近くであった鉄道事故《じこ》に巻《ま》きこまれてしまったのです。

ロイロット博士はロンドンで開業するという夢《ゆめ》をあきらめてしまい、わたしたちふたりをつれて、ストーク・モーランの古い屋敷《やしき》で暮らしはじめました。母が遺《のこ》してくれた財産《ざいさん》は生活をしていく上では十分で、わたしたちの幸せをじゃまするようなものはなにひとつないように思えました。

ところが、このころから義父はおそろしいくらいに変わってしまったんです。義父は友だちとのつきあいも、ご近所づきあいもすっぱりやめてしまいました。ご近所の方たちは、ストーク・モーランのロイロット家が舞《ま》いもどってきたと、最初のうちはとてもよろこんでくださってたんですけどね。

そして、屋敷にとじこもって、たまに外にでたと思ったら、とおりすがりの人たちと、はげしいけんかをしでかすといったぐあいです。一族の男の人にはおさえのきかない暴力《ぼうりょく》的な性格《せいかく》が遺伝《いでん》しているようなんですが、義父に関していえば、熱帯地方での長い生活のせいで、さらにその傾向《けいこう》が強くなってしまったように思います。

くり返しみっともないけんか騒《さわ》ぎを起こしたあげく、二度、警察《けいさつ》ざたにもなって、ついには村人からおそれられるようになってしまいました。村の人たちは義父の姿《すがた》を見るとあわててにげだします。おそろしく腕力《わんりょく》が強いうえに、一度怒《おこ》りだすとまったくおさえがきかなくなることを知っているからです。

先週には、地元の鍛冶屋《かじ》さんを橋の上から川に投げとばしてしまいました。わたしは集められるだけのお金を集めてその鍛冶屋さんにわたして、なんとか世間に知られるのをふせいだんです。

義父《ぎふ》には友だちはひとりもいません。例外は旅芸人たちぐらいです。イバラにおおわれた屋敷《やしき》の地所でキャンプすることを許《ゆる》し、その代わりにテントにでかけていってもてなしてもらいます。何週間もいっしょに旅をして歩くこともあります。

義父はインド産の動物たちを集めることにも情熱《じょうねつ》を燃《も》やしておりまして、現地《げんち》の知り合いからわざわざ送ってもらっています。いまはチーターとヒヒが一頭ずついるのですが、敷地《しきち》を好き勝手に歩きまわっているものですから、村人たちはそのけもののことも、義父とおなじようにおそれています。

ここまでお話ししただけでも、わたしと姉のジュリアにはなにひとつ楽しいことがないことをおわかりいただけたでしょうか。

使用人もだれひとりのこっておりません。長いあいだ、屋敷の仕事はすべてわたしたちがおこなっています。ジュリアが亡《な》くなりましたとき、まだ三十歳《さい》になったばかりでしたのに、髪《かみ》は白くなりはじめていました。わたしの髪もごらんのとおりですが」

「お姉さんはお亡くなりになったんですか？」

「はい、ちょうど二年前に。ホームズさんにきいていただきたいのは、姉の死についてなんです。もうおわかりかと思いますが、お話ししたような生活をしておりますと、おなじ年頃《としごろ》の方や、おなじ身分の方と出会う機会はほとんどありません。それでも、屋敷の近くのハロウというところにわたしたちの叔母《おば》がおります。母の未婚《みこん》の妹で、オノリア・ウェストフェイルと申します。

わたしたちは、ときどき叔母のところにでかけて、しばらくそちらですごすことが許されていました。ジュリアは二年前のクリスマスをその叔母のところですごしたのですが、そこで休暇《きゅうか》中の海軍少佐《しょうさ》と出会いまして、結婚《けっこん》の約束をいたしました。

屋敷《やしき》にもどってきた姉が、義父《ぎふ》にその婚約《こんやく》のことを話しましたところ、義父は特に反対したりはいたしませんでした。ところが、結婚式《けっこんしき》まで二週間というときに、おそろしいことが起こってしまったのです。わたしのただひとりの心のよりどころを奪《うば》われてしまったのです」

シャーロック・ホームズは椅子《いす》の背《せ》に深くもたれ、目をとじ、頭をクッションにうずめている。しかし、薄《うす》くまぶたをひらいたかと思うと、依頼人《いらいにん》に目を走らせた。

「どうか、もっとくわしく、正確《せいかく》に」ホームズはいう。

「ええ、お話ししますとも。あのおそろしいできごとは、なにもかもはっきりとおぼえていますから。すでにお話ししましたとおり、わたしたちが暮《く》らす屋敷はとても古くて、中央から左右に建物がのびているのですが、現在《げんざい》使っているのは片翼《かたよく》だけです。

この翼《よく》の寝室《しんしつ》は一階にありまして、応接間《おうせつま》は建物の中央部にあります。三つある寝室の一室目は義父のロイロット博士の部屋、そのとなりは姉の部屋、そしていちばんはしがわたしの部屋です。それぞれ、独立《どくりつ》した部屋で、扉《とびら》はおなじ廊下《ろうか》に面していています。おわかりいただけたでしょうか？」

「ええ、完璧《かんぺき》に」

「それぞれの部屋の窓《まど》は庭の芝生《しばふ》に面しています。あの悲劇《ひげき》の夜、義父は早目に寝室に下がりました。でも、すぐに寝《ね》たわけではありません。なぜわかったかと申しますと、義父がふだんからたしなんでいるインド産の強い葉巻《はまき》のにおいが、その夜も姉を悩《なや》ませたからです。

そこで姉は、自分の部屋をでて、わたしの部屋におしゃべりにやってきました。しばらくはまぢかにせまった結婚式の話などいたしました。十一時になると姉は部屋にもどろうと立ち上がりましたが、扉のところで立ち止まってふり返りました。

『ねえ、ヘレン、真夜中に笛の音をきいたことない？』

『いいえ』

『もしかして、あなたは寝ぼけて口笛を吹《ふ》くなんてことはないわよね？』

『まさか。でも、どうして？』

『ここ二、三日、毎晩《まいばん》きこえるから。いつも三時ごろ。低くてはっきりした音よ。わたしは眠《ねむ》りが浅いから、その音で目がさめちゃうの。どこからきこえてくるのかわからないけど、たぶんとなりの部屋からなんじゃないかと思う。そうじゃなければ庭の方ね。あなたもきいたことがないか、たずねてみなくちゃって思ってたの』

『わたしはないわ。きっと、あのいかがわしい旅芸人たちなんじゃない？』

『そうかもね。でも、庭の方からだとしたら、あなたがきいたことがないっていうのは不思議ね』

『ええ、でも、わたしはいつもぐっすり眠ってるから』

『どっちみち、たいしたことじゃないんだけど』

姉はそういって微笑《ほほえ》んで、ドアをしめました。それからすぐに、姉が自分の部屋の鍵《かぎ》をかける音がきこえました」

「なるほど」ホームズがいう。「ご自分たちの部屋に鍵をかけるのは、いつものことですか?」

「いつもかならず」

「それは、どうして?」

「お話ししましたように、義父《ぎふ》がチーターとヒヒを飼《か》っているからです。鍵をかけないと不安で不安で」

「よくわかります。どうぞ、その先をつづけてください」

「その夜、わたしは眠れませんでした。なにかおそろしいことが起こりそうな気がしてしかたなかったからです。わたしたち姉妹は双子《ふたご》です。双子の魂《たましい》の結びつきがどれほど強いものなのか、ことばではなかなかいいあらわすことができません。

外では風が吹《ふ》き荒《あ》れ、雨が窓《まど》をはげしく打っています。とつぜん、嵐《あらし》を切りさくような悲鳴がひびきわたりました。女性《じょせい》の恐怖《きょうふ》の叫《さけ》び声です。姉の声だとすぐにわかりました。

わたしはベッドからはね起きて、ショールをまとうと廊下《ろうか》にとびだしました。ドアをあけたとき、低い口笛の音がきこえたように思いました。姉が話していたような音です。

その直後、大きな金属《きんぞく》のかたまりが倒《たお》れたような、ガシャンという音がきこえました。

姉の部屋にかけつけますと、ドアの鍵《かぎ》がはずれる音がして、ドアがゆっくりとひらきはじめました。わたしはおそろしさのあまり、立ちつくしたままそのドアを見つめるばかりでした。いったいなにがでてくるのだろうとこわくてしかたなかったのです。

ひらいたドアにさした廊下《ろうか》の明かりが照らしだしたのは、姉の姿《すがた》でした。顔は恐怖《きょうふ》で青ざめ、助けを求めるように両手を前にさしだしています。体はまるで酔《よ》ってでもいるように、前にうしろにと揺《ゆ》れていました。

わたしは姉にかけよって両手で抱《だ》きとめようとしました。でもその瞬間《しゅんかん》、姉はがくっとひざをついて倒れてしまったのです。はげしい痛《いた》みにもだえ苦しみ、両手両足はガタガタと痙攣《けいれん》を起こしています。

わたしのこともわからないだろうと思ったのですが、わたしがかたわらにひざまずきますと、とつぜん、ふりしぼるような金切り声をあげたのです。あの声を、わたしはけっしてわすれることはできないでしょう。

『ああ、ヘレン！ 紐《バンド》なのよ！ まだらの紐《ひも》なの！』

そして、ほかにもなにか伝えたいことがあるのか、義父《ぎふ》の部屋の方を指さしました。でも、またはげしい痙攣が起こって、ことばはでてきません。

わたしは大声で呼《よ》びながら義父の部屋にむかって走りました。すると、寝間着《ねまき》姿の義父が、ちょうどあわてて部屋からでてくるところでした。

義父がそばにやってきたときには、すでに姉の意識《いしき》はなく、喉《のど》にブランデーを流しこんだり、村に医者を呼びにやったりしましたが、手おくれでした。姉は意識をとりもどすことのないまま、ゆっくりと息絶《た》えたのです。愛する姉があんな死に方をするなんて」

「ちょっと待ってください」ホームズがいった。「口笛の音と金属《きんぞく》の音ですが、まちがいなくおききになったんですか?」

「州の検死官《けんしかん》にもおなじことをきかれました。たしかにきいたとは思うのですが、なにしろあの嵐《あらし》ですし、古い屋敷《やしき》はきしむものです。空耳だったかもしれません」

「お姉さんは着替《きが》えていましたか?」

「ええ、寝間着姿《ねまきすがた》でした。右手にはマッチの燃《も》えかすが、左手にはマッチ箱が見つかっています」

「なにか危険《きけん》を感じて、マッチを擦《す》ったということですね。とても重要な点です。それで、検死官はなんと?」

「ロイロット博士の悪評《あくひょう》は知れわたっていましたので、ずいぶん慎重《しんちょう》にお調べになったようですが、はっきりとした死因《しいん》はつきとめられなかったようです。

わたしの証言《しょうげん》で、部屋の鍵《かぎ》が内側からかけられていたことはわかっていますし、窓《まど》も、毎晩旧式《まいばんきゅうしき》の頑丈《がんじょう》な鉄格子《てつごうし》のはいった鎧戸《よろいど》でとざされています。壁《かべ》もくまなくたたいて調べて、どこにも異常《いじょう》は見つかっていませんし、床《ゆか》も徹底《てってい》的に調べられましたが、やはり異常はありません。大きい煙突《えんとつ》があるのですが、太いU字釘《くぎ》が四本も打ちこまれています。

それらを考えあわせると、姉が部屋にひとりだったことはまちがいありません。それに、姉の体には暴行《ぼうこう》のあともありませんでした」

「毒の可能性《かのうせい》は？」

「お医者さんが調べましたが、なにも検出《けんしゅつ》できませんでした」

「それでは、あなたはお姉さんの死をどう考えておられますか？」

「とてつもない恐怖《きょうふ》に神経《しんけい》がやられたせいだとしか考えられません。なにをそれほどおそれたのかは、想像《そうぞう》もつきませんけど」

「そのとき、旅芸人たちは屋敷の地所にいたんですね？」

「はい。いつだって何人かはいます」

「さてと、あなたはその紐《バンド》とやらについてはどうお考えです？『まだらの紐《ひも》』というやつですよ」

「ただのうわごとだと思うこともありますし、バンドというからには旅芸人のことをさすのではないかと思うこともあります。あの人たちはまだら模様《もよう》のハンカチを頭に巻《ま》いていることがよくありますから、おかしないいまわしだとは思いますが、もしかしたらそのことなのかと思うことも」

ホームズはまるで納得《なっとく》できないとでもいうように首を横にふった。

「どうやら、とても奥《おく》の深い事件《じけん》のようですね」ホームズはいった。「さあ、つづけてください」

「あれから二年がたちますが、つい最近まで、それはそれはさびしい日々《ひび》でした。ところが、つい一か月前のことです。古くからの知り合いの方から、ありがたいことにプロポーズされたんです。アーミテージさんという方です。パーシー・アーミテージ。レディング近郊《きんこう》クレーン・ウォーターのアーミテージ家のご次男です。義父《ぎふ》も反対いたしませんでしたので、この春には結婚式《けっこんしき》をあげる予定です。

二日前からわたしたちが使っている屋敷《やしき》の西翼《よく》で改装《かいそう》工事がはじまりまして、わたしの部屋の壁《かべ》に穴《あな》があいたものですから、わたしは姉の部屋に移《うつ》ることになりました。姉が亡《な》くなった部屋のベッドで寝《ね》ているんです。

昨晩《さくばん》、わたしがあじわった恐怖《きょうふ》を想像《そうぞう》してみてください。わたしは眠《ねむ》れないままベッドに横たわり、姉のおそろしい最期に思いをめぐらせていました。するととつぜん、夜の静けさを破《やぶ》るように低い笛の音がきこえてきたのです。姉の死の前ぶれとなったあの音です。

わたしはとび起きてランプを灯しましたが、部屋のなかにはなにもありません。震《ふる》えがとまらず、ベッドにもどることもできないので、そのまま着替《きが》えて夜が明けるとすぐに屋敷から抜《ぬ》けだしました。そして、むかいにあるクラウン亭《てい》という宿屋で二輪馬車を借りると、レザーヘッド駅にでて、ホームズさんにアドバイスをいただくために、こうしてやってきたというわけです」

「とても賢明《けんめい》でした」わが友はそういった。「でも、まだ全部はお話しになっていませんね？」

「いいえ、これですべてです」

「ストーナーさん、まだすべてではありませんよ。あなたは義理《ぎり》のお父さんをかばっていますね」

「いったい、どういうことでしょう？」

答える代わりに、ホームズは依頼人《いらいにん》のひざの上に置かれた手をおおっていた黒いレースをまくり上げた。そこには小さな青あざが五つついていた。白い手首についた五本の指のあとだ。

「おそろしい目にあっておられるようだ」ホームズはいった。

依頼人は顔を赤らめると傷《きず》ついた手首をかくした。「とてもきびしい人ですから。それに、自分の力がどれほど強いのかもわかっていないようなのです」

長い沈黙《ちんもく》がつづいた。ホームズは両手で頬杖《ほおづえ》をついて、パチパチ音を立てている暖炉《だんろ》をじっと見ている。

「これは実に奥《おく》の深い事件《じけん》のようですね」ようやくホームズが口をひらいた。「捜《そう》査《さ》にとりかかる前に知っておきたいことは山ほどあります。でも、一刻《いっこく》も時間を無《む》駄《だ》にするわけにいきません。きょう、これからストーク・モーランにむかうとしたら、あなたの義理のお父さんに気づかれずにお屋敷《やしき》の部屋を見ることはできますか？」

「偶然《ぐうぜん》なのですが、父はきょう、なにやら大切な用事があってロンドンにやってくるといっておりました。たぶん一日じゅうかかると思いますので、ホームズさんのお邪魔《じゃま》にはならないでしょう。メイドがひとりだけおりますが、年をとっておりますし、細かいことを気にするたちでもありませんので、遠ざけておくのは簡単《かんたん》です」

「すばらしい。きみもきてくれるね、ワトソン？」

「よろこんで」

「それではふたりででかけるとしよう。あなたはどうされますか？」

「せっかくロンドンにまいりましたので、いくつか用事をかたづけたいと思います。でも、正午ちょうどの汽車には乗って帰りますので、あちらでお待ちしております」

「それでは、午後の早い時間にうかがいましょう。その前にひとつふたつ簡単《かんたん》な用をすましていきます。これから、いっしょに朝食をいかがですか？」

「いいえ、けっこうです。悩みごとをきいていただいて、もうずいぶん気が楽になりました。それでは、きょうの午後、お待ちしております」そういうと、厚手《あつで》の黒いベールをおろして顔をかくし、部屋からでていった。

「それで、きみはどう思った？」ホームズは椅子《いす》の背《せ》にもたれながらそうたずねた。

「なんだかずいぶん陰気《いんき》でおそろしげな事件《じけん》だな」

「たしかに、陰気なところもおそろしげなところも、もうしぶんないな」

「それにしても、あのご婦人《ふじん》がいうとおり、床《ゆか》にも壁《かべ》にも問題がなくて、ドアからも窓《まど》からも、煙突《えんとつ》からさえも侵入《しんにゅう》できないとなると、お姉さんが謎《なぞ》の死をとげたとき、部屋にはほかにだれもいなかったという点は疑《うたが》いようがないね」

「だとしたら、夜中にきこえる笛の音や、いまわのきわの奇妙《きみょう》なことばはなんだったんだろう？」

「さっぱりわからないな」

「まずは夜中の笛の音だ。それに老博士と親しい旅芸人が近くにいた。博士が義理《ぎり》の娘《むすめ》の結婚《けっこん》をさまたげることで得をするはっきりとした理由もある。さらには死ぬ間際《まぎわ》に紐《バンド》ということばをのこしている。そして最後に、ヘレン・ストーナー嬢《じょう》が金属《きんぞく》が立てる音をきいた。まあ、それは鉄格子《てつごうし》いりの鎧戸《よろいど》が落ちて元にもどった音かもしれないがね。これらを考えあわせると、謎を解《と》くヒントはたっぷりあるように思うよ」

「だが、旅芸人たちの役割《やくわり》は？」

「さあ、それはわからない」

「いまの話だけじゃ、まだなにがなんだかさっぱりだな」

「ぼくもそうだよ。だからこそ、きょうストーク・モーランにいくのさ。わからない点がどうしようもないものなのか、それともちゃんと説明のつくものなのか、この目でたしかめたいんだよ。おい、いったいなんだっていうんだ！」

とつぜんホームズがそんなことばを吐《は》いたのも無理はない。ドアがいきなりはげしい勢《いきお》いであいて、戸口に大男が立ちふさがったのだから。

身なりはずいぶん変わっている。黒いシルクハットをかぶり、長いフロックコートをはおり、脚《あし》にはひざまでおおうゲートルを巻《ま》き、手に持った狩《か》り用の鞭《むち》をふりまわしている。医者にも農夫にも見えるいでたちだ。

とても背《せ》が高く、帽子《ぼうし》のてっぺんはドアの鴨居《かもい》をこすっているし、横幅《よこはば》も広く、戸口全体をおおうほどだ。しわだらけの大きな顔は日に焼け、憎々《にくにく》しげな表情《ひょうじょう》でわたしたちを交互《こうご》ににらみつけている。深く落ちくぼんだ怒《いか》りに燃《も》えた目と、高く鋭《するど》い鼻のせいで、たけだけしい老いた猛禽類《もうきんるい》を思わせる顔つきだ。

「ホームズはどっちだ?」男はたずねた。

「ぼくです。ところで、そちらさまは?」ホームズが静かにいう。

「グリムズビー・ロイロット博士だ。ストーク・モーランの」

「ああ、博士でしたか」ホームズはにこやかにそういった。「どうぞ、おかけになってください」

「だれがそんなことを。義理《ぎり》の娘《むすめ》がここにきたな。あとを追ってきたんだ。あいつはなにを話した？」

「この時期にしてはすこし冷えますね」ホームズがいった。

「あいつはなにを話したのかときいてるんだ」老人は怒鳴《どな》り声をあげた。

「それでも、クロッカスのできはいいようですね」ホームズはあいかわらず落ち着きはらっている。

「ふん、話をそらす気か？」博士は一歩前にでて、鞭をふった。「おまえのことなら知ってるんだぞ、この悪党《あくとう》め！　おせっかい屋のホームズだ！」

ホームズはにっこり笑った。

「このでしゃばり野郎《やろう》が！」

ホームズはますます笑顔だ。

「警察《けいさつ》の手先のホームズめ！」

ホームズはいかにも楽しそうに声をあげて笑った。「いやはや、実に楽しいおことばです。お帰りの際《さい》は、きちんとドアをしめてくださいね。風が吹《ふ》きこみますから」

「いいたいことをいい終わったら帰るさ。いいかよくきけ、他人の問題に首をつっこむのはやめておけ。娘《むすめ》がここにきたのはわかっている。あとをつけてきたんだからな！　おれを敵《てき》にまわすと痛《いた》い目にあうぞ！　いいな」そういうとすばやく暖炉《だんろ》に歩み寄《よ》り、鉄の火かき棒《ぼう》をつかんで大きな日に焼けたその両手でくの字に折り曲げた。

「おまえもせいぜい、この手につかまれないよう気をつけるんだな」そう怒鳴《どな》ると、折り曲げた火かき棒をほうり投げ、大またで部屋からでていった。

「ずいぶんゆかいな男じゃないか」ホームズは笑いながらいった。「ぼくはあれほどの大男じゃないが、もうすこし待っていてくれれば、ぼくの力もまんざらじゃないところを見せられたんだがな」

そういいながら火かき棒を拾い上げると、あっというまに元どおりまっすぐにもどしてしまった。

「このぼくを警察《けいさつ》の手先呼《よ》ばわりとはひどいじゃないか。けれど、これでずいぶんおもしろくなってきたぞ。ただ、ぼくらのか弱い依頼人《いらいにん》が、うかつにもあのけだものにあとをつけられたせいで、おそろしい目にあわないといいんだがな。さあ、ワトソン、まずは朝食だ。そのあとは民事裁判所《さいばんしょ》にいってなにか役立ちそうな資料《しりょう》をさがしてくるよ」

シャーロック・ホームズが調査《ちょうさ》からもどってきたのは午後の一時近くだった。手には一枚《まい》の青い紙を持っていた。なにやらメモや数字が書きこまれた紙だ。

「博士の亡《な》くなった奥《おく》さんの遺言《ゆいごん》を見てきたよ」ホームズがいう。「正確《せいかく》な内容《ないよう》を知るために、まずは関係のある資産《しさん》の現在《げんざい》の価値《かち》を調べなくちゃならなかった。奥さんが亡くなった年にはいった収入《しゅうにゅう》は、総額《そうがく》でおよそ千百ポンドほどだったんだが、いまは農産物の値段《ねだん》が下がってるせいで、せいぜい七百五十ポンドといったところだ。

ふたりの娘《むすめ》は結婚《けっこん》すると年二百五十ポンド受けとることになっていた。ということはつまり、ふたりとも結婚したら、ご老体のとり分はわずかなものになってしまうということだ。ひとりが結婚しただけでもずいぶん痛手《いたで》に感じることだろう。これで、けさの調査《ちょうさ》もむだにならなかったってことだ。博士には遺産《いさん》がらみでなにがなんでも娘たちのじゃまをしたいという強い動機があることがわかったんだから。

さあ、ワトソン、ぐずぐずしていられないぞ。ぼくたちがこの事件《じけん》にかかわるってことを知られてしまったんだからな。きみさえよければ、すぐにでも馬車を呼《よ》んでウォータールー駅にむかおう。ピストルをポケットにしのばせておいてもらえるとありがたいな。鉄の火かき棒《ぼう》をねじ曲げるような相手なんだから、イリー二号がいい。あとは歯ブラシだけあればいいだろう」

ウォータールー駅ではちょうどレザーヘッド行きにまにあった。レザーヘッドでは駅前旅館で馬車を借り、サリー州の美しい田舎道《いなかみち》を四、五マイル走った。

太陽が明るく輝《かがや》き、ふわふわの雲がいくつか浮《う》かぶばかりのすばらしい天気だ。

道ばたの木々《きぎ》や垣根《かきね》は緑の新芽を吹《ふ》きだしたばかりだし、大地からたちのぼるしめったいい香《かお》りもただよっている。甘《あま》い春の気配と、わたしたちがかかわる事件の不気味さとの対比《たいひ》があまりにも奇妙《きみょう》だと感じずにはいられない。

わが友ホームズは、馬車の前の席で腕《うで》を組んでいる。帽子《ぼうし》を目深にかぶり、頭を深くたれ、もの思いに沈《しず》んでいるようだ。ところが、とつぜんわたしの肩《かた》をたたきながら、牧場のむこうを指さした。

「あそこを見てみろ!」ホームズがいう。

ゆるやかな丘《おか》に木の生い茂《しげ》った庭園が広がっていて、その木立は丘のてっぺんにむかうほど濃《こ》くなっている。木々のあいだに、いかにも古そうな屋敷《やしき》の灰色《はいいろ》の破風《はふ》と高い屋根が見える。

「ストーク・モーランだね?」ホームズがいった。

「はい、だんな。グリムズビー・ロイロット博士の屋敷ですよ」御者《ぎょしゃ》が答えた。

「あそこで工事をしているはずなんだ」ホームズがいう。「そこにむかってほしい」

「村はあっちです」御者《ぎょしゃ》は左手に見える何軒《けん》かの家の方を指さしながらいった。「ですが、あの屋敷《やしき》にいかれるのなら、そこの踏《ふ》み段《だん》で柵《さく》を乗り越《こ》えると近道です。畑のなかに小道がありますから。ほら、あのご婦人《ふじん》が歩いてる道ですよ」

「ああ、あのご婦人はミス・ストーナーじゃないかな」ホームズは手で日差しをさえぎりながらいった。「うん、わかった。きみのいうとおりにするよ」

そこで、わたしたちは馬車をおり、運賃《うんちん》をはらった。馬車はレザーヘッド駅へともどっていった。

「都合がいいことに、あの御者は、ぼくたちのことを建築《けんちく》関係者かなにかだと思ったんじゃないかな。変な噂《うわさ》が立たなくてすむだろう。こんにちは、ミス・ストーナー。約束どおりやってきましたよ」

早朝の依頼人《いらいにん》は、顔をよろこびで輝《かがや》かせながら、急ぎ足でわたしたちの方に近づいてきた。

「いまかいまかとお待ちしていました」ミス・ストーナーはわたしたちとあたたか

い握手《あくしゅ》をかわしながらいった。「なにもかもうまくいっています。ロイロット博士はロンドンにでかけて、夜まで帰らないようです」

「ぼくたちは、もうすでに博士とお目にかかる機会がありましてね」ホームズはそういった。そして、起こったことを簡単《かんたん》に説明した。それをきいたミス・ストーナーは、唇《くちびる》までまっさおになった。

「なんということでしょう！　あの人はわたしをつけてたんですね」

「そのようです」

「あの人のずる賢《がしこ》さにかかったら、わたしはすこしも気を抜《ぬ》くことができません。もどってきたら、なんというでしょう？」

「気を抜けないのは博士のほうですよ。自分よりずる賢い『だれかさん』が捜査《そうさ》にのりだしたことに気づいたんですから。今晩《こんばん》は、しっかり部屋に鍵《かぎ》をかけておくことです。それでも、暴力《ぼうりょく》をふるわれそうなら、ぼくたちがハロウの叔母《おば》様のところにおつれします。さあ、それではさっそくとりかかりましょう。いまからすぐに問題の部屋に案内してください」

屋敷《やしき》は苔《こけ》むした灰色《はいいろ》の石造《いしづく》りで、高い中央部から両脇《りょうわき》にカーブした建物がはりだしている。まるでカニの爪《つめ》のようだ。

片翼《かたよく》の窓《まど》は割《わ》れていて木の板でふさがれ、屋根の一部に穴《あな》があいている。絵に描《か》いた廃墟《はいきょ》のようだ。

中央部には多少の修繕《しゅうぜん》の手が加わっている程度《ていど》だが、右側の翼は比較的現代風《ひかくてきげんだい》で、窓には鎧戸《よろいど》がついているし、煙突《えんとつ》からは青い煙《けむり》が上がっているので、家族がそこで暮《く》らしているのがわかる。

いちばんはしの壁《かべ》に足場が組まれていて、石の壁には穴があいていたが、そのときは職人《しょくにん》はひとりも見あたらなかった。ホームズは手入れの悪い芝生《しばふ》の上をゆっくりいったりきたりしながら、窓をじっくりと観察している。

「この部屋があなたの部屋で、まんなかがお姉さんの、そして、そのとなりの中央部に隣接《りんせつ》しているのがロイロット博士の部屋ですね?」

「そのとおりです。でも、わたしは現在《げんざい》、まんなかの部屋を使っております」

「改装《かいそう》のあいだだけですね。ところで、はじの壁には、さしあたって改装の必要はなさそうに見えますが」

「ええ、必要などありません。わたしを部屋から追いだすためのいいわけだと思います」

「なるほど！　それは興味深《きょうみぶか》い。お屋敷のむこう側には三つの部屋のドアに面した廊下《ろうか》があるんですね。部屋の廊下側にも、窓がありますね？」

「ええ、でも小さな窓です。人がとおることはできません」

「事件《じけん》のあった夜、おふたりともドアに鍵《かぎ》をかけていて、廊下からはだれもはいれなかったということですね。それでは、あなたは部屋におはいりになってください。鎧戸もしめてみていただけませんか？」

ミス・ストーナーは部屋にはいった。ホームズはまず、ひらいた窓を慎重《しんちょう》に調べたのち、しめた鎧戸をなんとかあけようとあれこれやってみたが、どれもうまくいかなかった。鎧戸《よろいど》のなかの鉄格子《てつごうし》をはずそうにも、ナイフがはいるすきまもない。それから、虫眼鏡《むしめがね》で蝶番《ちょうつがい》を調べたが、これまた頑丈《がんじょう》な鉄製《てっせい》で、石の壁《かべ》にしっかりとりつけられている。

「ふーむ」ホームズはいささか困《こま》ったように顎《あご》をさすりながらいった。「ぼくの理《り》論《ろん》には難《なん》がありそうだな。いったんかんぬきをかけたら、この鎧戸を破《やぶ》ることは無理だ。では、室内になにか糸口がないか見るとしよう」

小さな通用口からなかにはいると、三つの部屋に面した白壁《しらかべ》の廊下《ろうか》があった。ホームズにはいちばんはしの部屋を調べるつもりはなく、わたしたちはすぐにまんなかの部屋にはいった。現在《げんざい》、ミス・ストーナーが寝起《ねお》きしている部屋であり、お姉さんが最期をむかえた部屋だ。

古い田舎《いなか》の屋敷《やしき》風のこぢんまりした部屋で、天井《てんじょう》は低く、大きな暖炉《だんろ》があった。部屋のすみに茶色の箪笥《たんす》が置いてあり、その反対側には白いベッドカバーの、幅《はば》のせまいベッドが置いてある。そして、窓《まど》の左手には化粧台《けしょうだい》があった。家具と呼《よ》べそうなものは、ほかに小さな籐椅子《とういす》が二脚《きゃく》と部屋の中央の高級絨毯《じゅうたん》があるぐらいだ。

絨毯のまわりの床板《ゆかいた》と壁の腰板《こしいた》は茶色のオーク材だが、屋敷が最初に建てられたときからのものなのか、いかにも古びていて、色もあせ、あちこち虫食いだらけだ。

籐椅子のひとつをひきよせてすわったホームズは、なにもいわない。目だけをぐるぐると右に左に、上に下にと動かし、部屋のすみずみまで観察している。

「あの呼び鈴《りん》はどこに通じてるんですか？」ようやく、ベッドの脇《わき》にたれさがっている呼び鈴の太いロープを指さしながらたずねた。ロープの先の房飾《ふさかざ》りは枕《まくら》のすぐ上にある。

「使用人の部屋です」

「ほかのものにくらべると、新しいようですね」

「はい、ほんの二、三年前にとりつけたものです」

「お姉さんがつけるように求められた？」

「いいえ、呼び鈴の音は一度もきいたことがありません。わたしたちは自分のことは自分でしますから」

「なるほど、それではこんなにりっぱなロープは必要なかったということですね。失礼して、しばらく床《ゆか》を調べさせていただきます」

ホームズは床によつんばいになると、虫眼鏡《むしめがね》を手に、前にうしろにとすばやく動きまわって、床板《ゆかいた》のすきまをていねいに調べた。それがすむと壁《かべ》の腰板《こしいた》も調べてまわる。

やがてベッドに近づくと、しばらくのあいだ、目を壁に沿《そ》って上下に走らせた。最後に呼《よ》び鈴《りん》のロープをぐいっとひっぱる。

「これはただの飾《かざ》りじゃないか」ホームズがいった。

「鳴りませんか？」

「ええ、そもそもワイヤーにもつながっていません。これはおもしろい。ほら、あの小さな通風孔《つうふうこう》の上のフックに結び付けられているのが見えるでしょう」

「いったい、どういうことなんでしょう？　ちっとも気づきませんでした」

「実に奇妙《きみょう》だ！」ホームズはロープをひきながらつぶやいた。「この部屋にはひとつふたつおかしな点がありますね。たとえば、となりの部屋に通じる通風孔をつけるなんて、なんてマヌケな建築家《けんちくか》なんだろう。おなじ手間で外の空気をいれられるのに！」

「あの通風孔も新しいものなんです」ミス・ストーナーがいった。

「呼び鈴をとりつけたのとおなじ時期ですか？」ホームズがいう。

「ええ、おなじころ、ほかにもいくつか、小さな改修《かいしゅう》をおこないました」

「どちらもたいへん興味深《きょうみぶか》いものですね。どこにも通じていない呼び鈴に、空気をいれかえることのできない通風孔。ミス・ストーナー、よろしければとなりのロイロット博士の部屋も調べたいのですが」

グリムズビー・ロイロット博士の部屋は義理《ぎり》の娘《むすめ》の部屋よりは大きかったが、おなじぐらい簡素《かんそ》だった。目につくものといえば、折りたたみ式の簡易《かんい》ベッドに、ほとんどが専門書《せんもんしょ》でぎっしりの小さな木製《もくせい》の棚《たな》、ベッド脇《わき》の肘掛椅子《ひじかけいす》、壁際《かべぎわ》の質素《しっそ》な木の椅子《いす》、丸テーブル、そして大きな鉄製《てっせい》の金庫ぐらいだ。

ホームズはゆっくりと歩きまわって、ひとつひとつを最大限《さいだいげん》の注意をはらって調べていった。

「ここにはなにが？」ホームズは金庫をたたきながらたずねた。

「義父《ぎふ》の書類です」

「ということは、なかをごらんになったことが？」

「一度だけですが。数年前のことです。書類でいっぱいでした」

「ネコはいませんでしたか？　たとえばの話ですが」

「まさか！　おかしなことをおっしゃるんですね」

「とんでもない！　ほら、ごらんになって」ホームズは金庫の上の小さなミルク皿をとり上げていった。

「ここにネコはいません。でも、チーターとヒヒがいますから」

「ええ、そうでした。チーターといっても大きなネコですからね。とはいっても、こんなミルク皿で足りるとはとうてい思えませんがね。さて、もうひとつ確認《かくにん》したいことがあります」ホームズはそういうと木の椅子の前にしゃがみこんで、座面《ざめん》を集中して調べはじめた。

「ありがとうございます。これではっきりしました」そういいながら立ち上がり、虫眼鏡《むしめがね》をポケットにしまった。「おやおや！　おもしろいものがあるぞ！」

ホームズの目がとらえたのは、ベッドのすみにつるしてあった犬用の小型の鞭《むち》だった。ただ、その鞭の先は巻《ま》いて輪になっていた。

「これをどう思う、ワトソン？」

「ごくありふれた鞭だな。でも、どうしてはしが輪になってるんだろう？」

「これが、ごくありふれた鞭のわけがないだろ。ああ、なんていやな世の中なんだ。頭のいい人間がその脳《のう》みそを犯罪《はんざい》に使うなんて最悪だ。さて、これでもう十分見させてもらいました。ミス・ストーナー、ごいっしょに庭を散歩させていただけませんか？」

犯行現場《はんこうげんば》の捜査《そうさ》を終えたホームズが、あれほど暗くけわしい顔をしていたのを見たことがない。わたしたちは芝生《しばふ》の上を何度かいったりきたりした。わたしもミス・ストーナーも、ホームズの思考をじゃましたくなくて、だまったままだった。

「これからいうことはとても重要なことです、ミス・ストーナー」ホームズが切りだした。「どうか、ぼくがアドバイスするとおりにしていただきたいのです」

「ええ、おっしゃるとおりにいたします」

「事態《じたい》はとても深刻《しんこく》で、ためらっている場合ではありません。あなたの命がかかっています」

「どんなことでもおっしゃってください」

「まず第一に、ぼくとワトソンは、今晩《こんばん》あなたの部屋で夜を明かします」

ミス・ストーナーとわたしは、びっくりしてホームズを見つめた。

「そう、そうしなければならないんです。説明はあとでしましょう。あそこに見えているのは宿屋ですね？」

「はい、クラウン亭《てい》です」

「それはけっこう。その宿から、あなたの部屋の窓《まど》は見えますか？」

「はい、まちがいなく」

「ロイロット博士がもどったら、頭痛《ずつう》がするとでもいって、部屋にとじこもってください。そして、博士が部屋に引き上げたら、あなたの部屋の窓の鎧戸《よろいど》をあけて、掛《か》け金をはずし、窓辺《まどべ》にランプを置いてぼくたちに合図を送ってください。それから、必要な身のまわりのものを持って、音を立てないように元の部屋に移《うつ》ってください。改装《かいそう》中とはいっても、ひと晩《ばん》ぐらいはなんとかなるでしょうから」

「ええ、はい。だいじょうぶです」

「あとは、ぼくたちにおまかせください」

「ですが、ホームズさんたちはどうされるおつもりなんですか？」

「あなたの部屋でひと晩すごして、あなたを悩《なや》ませた音の原因《げんいん》を調べます」

「ホームズさん、どうやら、もうなにもかもお見とおしのようですね」ミス・ストーナーはホームズの腕《うで》にそっと手を置きながらいった。

「ええ、おそらくは」

「それなら、どうか教えてください。姉がどのように命を落としたのか」

「それは、はっきりとした証拠《しょうこ》をつかんでからにさせてください」

「せめて、わたしの考えが正しいのかどうかだけでもおねがいします。姉はとつぜんの恐怖《きょうふ》のせいで亡《な》くなったんでしょうか？」

「いいえ、そうは思いません。おそらくは、もっと明確《めいかく》な原因《げんいん》があると思っています。ミス・ストーナー、ぼくたちはいかなくては。ロイロット博士がもどってきて、ぼくたちの姿《すがた》を見ようものなら、なにもかもがむだになってしまいますから。では、失礼します。どうか勇気を持って。ぼくのいうとおりにすれば、あなたをおびやかしている危険《きけん》はすぐにでもとりはらわれて、安心してお休みになれるようになりますから」

シャーロック・ホームズとわたしは、クラウン亭《てい》に居間《いま》つきの寝室《しんしつ》を借りることができた。二階の部屋で、窓《まど》からはストーク・モーランの屋敷《やしき》につづく並木道《なみきみち》の門や、人が住んでいるほうの翼《よく》が見える。

夕暮《ゆうぐ》れどきにグリムズビー・ロイロット博士を乗せた馬車がとおりすぎるのが見えた。小柄《こがら》な御者《ぎょしゃ》の横に、その巨体《きょたい》がぼんやりと浮《う》かび上がっていた。御者の少年が重い鉄の門扉《もんぴ》をあけるのにいささか手間どったため、博士がおそろしい怒鳴《どな》り声をあげ、怒《いか》りにまかせて少年にむかって拳《こぶし》をふりまわしているのが見えた。

馬車が遠ざかって数分後に、木々《きぎ》をとおしてとつぜん明かりが灯った。居間にランプが灯されたのだ。

「いいかな、ワトソン」いっしょにすわっているわたしたちをとり巻《ま》く闇《やみ》がひしひしとせまるなか、ホームズがだしぬけにいった。「実をいうと、今夜きみをつれていこうかどうか、迷《まよ》いがあるんだ。とても危険なのはわかっているからね」

「なにか手伝えることはないのかい？」

「いてくれれば、すごく助かるさ」

「じゃあ、もちろんいっしょにいくよ」

「それは実にありがたいね」

「危険《きけん》というが、あの部屋にわたしには見えなかったなにかをはっきりと見たようだね」

「いいや、ただ、すこし先まで推理《すいり》をおしすすめただけさ。きみもぼくとおなじものを見ているはずだ」

「あの呼《よ》び鈴《りん》のロープ以外に、特に変わったものは見なかったように思うんだが。それに、正直いって、あのロープの目的がなんなのか、わたしにはちっとも想像《そうぞう》がつかないんだ」

「あの通風孔《つうふうこう》も見たね？」

「ああ、けれども、ふたつの部屋のあいだに小さな穴《あな》をあけることが、それほどおかしなこととは思えないな。あんな穴じゃあ、ネズミ一匹《ぴき》とおれないだろう」

「ぼくはね、ストーク・モーランにやってくる前から、あんな通風孔があるだろうと思ってたんだ」

「おいおい、ホームズ！」

「ほんとうだとも。ミス・ストーナーが、お姉さんはロイロット博士の葉巻《はまき》のにおいに悩《なや》まされていた、と話していたのはおぼえているだろう。ということは、ふたつの部屋のあいだには、空気のとおるすきまがあるということだ。検死《けんし》の際《さい》に注意をひかなかったんだから、きっとほんの小さなもののはずだ。そこでぼくは通風孔だろうとにらんでたのさ」

「だが、そんなもののどこが危険だというんだい？」

「そうだな、ひとつにはおかしなことに、時期が一致《いっち》するという点だ。通風孔が作られ、ロープがつるされ、ベッドで寝《ね》ていた女性《じょせい》が死んだ。これでもピンとこないかい？」

「どうつながるのか、さっぱりわからないな」

「あのベッドを見て、とてもおかしなところがあったのには、気づかなかったか？」

「いいや」

「床《ゆか》に金具で固定されてたんだ。床に固定されたベッドなんて見たことあるかい?」

「いいや、ないな」

「お姉さんはベッドを動かすことができなかった。つまり、通風孔《つうふうこう》やロープとの位置関係を変えることができないってことだ。呼《よ》び鈴《りん》につながってなかったんだから、ただのロープといってもいいだろう?」

「ホームズ」わたしは思わず声をあげた。「きみのいわんとすることが、なんとなくわかってきたよ。わたしたちは、巧妙《こうみょう》でおそろしい犯罪《はんざい》をふせぐのに、ぎりぎり間に合ったということなんだな」

「巧妙すぎるほど巧妙で、おそろしすぎるほどおそろしい。悪事をおこなうとなったら、医者というのはいちばんたちが悪い。度胸《どきょう》もあれば知能《ちのう》もあるんだからね。世間を恐怖《きょうふ》におとしいれた凶悪犯《きょうあくはん》のパーマーもプリチャードも一流の医者だっただろ。この博士はもっとずる賢《がしこ》い。

だがね、ワトソン、今夜ぼくたちは、さらにずる賢くなるんだよ。それにしても、夜が明けるまでにとてつもなくおそろしいことが待ちうけてるんだ。せめてそれまでの何時間かは、静かにパイプでもくゆらせ、もっと楽しいことで気をまぎらわそうじゃないか」

九時ちょうどごろ、木々《きぎ》のあいだに見えていた明かりが消えた。屋敷《やしき》のある方向はまっ暗になった。

それから二時間がゆっくりとすぎ、時計が十一時を打つのと同時に、とつぜん、正面に明るい火がひとつ灯った。

「さあ、合図だ」ホームズはとびはねるように立ち上がっていった。「まんなかの窓《まど》だよ」

宿をでるとき、ホームズは亭主《ていしゅ》とひとことふたことことばを交わし、これから知り合いをたずねるから、そこで泊《と》まることになるかもしれないと告げた。

暗い道にでるとすぐに、冷たい風が顔に吹《ふ》きつけた。黄色い明かりが闇《やみ》にひとつまたたいて、重い使命をになったわたしたちの行く手を導《みちび》いた。

屋敷《やしき》の地所にはいるのは簡単《かんたん》だった。庭を囲む古い壁《かべ》に、ほったらかしの穴《あな》がいくつもあいていたからだ。

木々《きぎ》のあいだを進んで芝生《しばふ》にたどりつくと、そこを横切り、いままさに窓《まど》からなかへはいろうとしたときだった。月桂樹《げっけいじゅ》の茂《しげ》みから、体がねじれた不気味な子どものようなものがとびだしてきて、芝生の上でばたばたところげまわると、芝生を横切って闇《やみ》のなかへと走り去った。

「なんだあれは！」わたしはささやいた。「いまの、見たか？」

ホームズもわたしとおなじようにぎょっとしていた。おどろきのあまり、わたしの手首を強くにぎりしめた。それから、低い声で笑うと、わたしの耳元に口を近づけた。

「なんとも楽しい家族じゃないか」ホームズはつぶやいた。「あれはヒヒだよ」

博士が飼《か》っているめずらしいペットのことはすっかりわすれていた。チーターもいるはずだ。いつうしろからとびつかれるか、わかったものじゃない。そんなわけで、ホームズをまねて靴《くつ》をぬぎ、窓から例の部屋にしのびこんだときには、正直ほっとした。

ホームズは音を立てずに鎧戸《よろいど》をしめ、ランプをテーブルに移《うつ》すと、ざっと部屋を見まわした。昼に見たときのまま、なにも変わっていない。

ホームズはわたしにしのび寄《よ》ると、手で口元をおおって、やっときこえるような小さな声でささやいた。

「すこしでも音を立てたら、なにもかも水の泡《あわ》だ」

ちゃんときこえたことを伝えるためにうなずく。

「明かりを消してすわっていなくちゃならない。通風孔《つうふうこう》から明かりが見えるかもしれないから」

わたしはふたたびうなずいた。

「眠《ねむ》らないでくれよ。命がかかってるんだからな。もしもに備《そな》えて、ピストルも用意しておいてくれ。ぼくはベッドにすわるから、きみはその椅子《いす》に」

わたしはピストルをとりだし、テーブルのすみに置いた。

ホームズは細くて長いステッキを持ってきていた。それをベッドの上に置く。ステッキの横にはマッチ箱と短いロウソクを。それから、ランプの明かりを消すと、まっ暗闇《くらやみ》だ。

あのおそろしい夜のことは、一生わすれられないだろう。

わたしの耳にはなにひとつ物音はきこえなかった。息を吸《す》う音さえもだ。それでも、わが友ホームズがほんの数フィートのところに目をかっとひらいてすわっているのはわかっていた。わたしとおなじように神経《しんけい》をはりつめたまま。鎧戸《よろいど》がかすかな光さえさえぎっているので、わたしたちは完全な暗闇のなかで待っていた。

外からは、ときどき夜鳥《やちょう》の声がきこえてきた。一度などは、窓《まど》のすぐ外から長く尾《お》をひくネコの声のような音がきこえた。どうやら、きかされていたとおり、チーターが自由にうろつきまわっているようだ。

遠くからは十五分ごとに教会の時計が低く音をひびかせた。その十五分の長く感じられることといったら！

十二時が告げられ、一時、二時、三時になっても、わたしたちはなにかが起こるのを静かに待ちつづけた。

とつぜん、通風孔《つうふうこう》の方から、一瞬《いっしゅん》光がちらついた。その光はすぐに消えたのだが、つづいて燃《も》える油と、熱せられた金属《きんぞく》の強い香《かお》りがただよってきた。となりにいる何者かが、遮光器《しゃこう》つきのランタンを灯したのだ。かすかな衣擦《きぬず》れの音がきこえたが、すぐにまた静まり返る。ただ、においだけは強まった。三十分のあいだ、わたしは耳をそばだてていた。

すると、とつぜん、また別の音がきこえた。ほんのささやかな、シューシューいう音だ。やかんから細い蒸気《じょうき》がもれつづけるような。

その音がきこえた瞬間《しゅんかん》、ホームズはベッドからすっくと立ち上がるとマッチを擦《す》り、手にしていたステッキで、呼《よ》び鈴《りん》のロープをめちゃくちゃにたたきはじめた。

「いまの見たか、ワトソン?」ホームズが叫《さけ》んだ。「見ただろ?」

しかし、わたしにはなにも見えなかった。ホームズがマッチを擦《す》った瞬間《しゅんかん》、低いがはっきりとした笛の音をきいた。だが、暗闇《くらやみ》に慣《な》れた目にさしたとつぜんの明かりのせいで、ホームズがあれほどはげしくたたいていたものがなんだったのかはわからなかった。それでも、ホームズの顔が死人のように青ざめ、恐怖《きょうふ》と嫌悪《けんお》とでいっぱいなのはわかった。

ホームズがたたくのをやめ、通風孔《つうふうこう》を見上げているとき、夜のしじまを破《やぶ》るおそろしい悲鳴がきこえた。あれほどおそろしい声はこれまできいたことがない。その声はどんどん大きくなった。痛《いた》みと恐怖、そして怒《いか》りがいりまじったような、おそろしいしゃがれ声だ。

あとできいたところによると、その声は村にも、さらにはもっとはなれた牧師館《ぼくし》にも届《とど》き、人々《ひとびと》を眠《ねむ》りからさめさせたという。

わたしたちの心臓《しんぞう》は凍《こお》りついてしまいそうだった。わたしはつっ立ったままホームズを見つめた。ホームズもわたしを見つめていた。

やがて、その悲鳴の最後のこだまが元の静けさへと消え去った。

「どういうことなんだ?」わたしはあえぎながらたずねた。

「すべてが終わったということだよ」ホームズが答える。「そして、おそらくは、これがいちばんよかったんだ。さあ、ピストルをだしてくれ。ロイロット博士の部屋にいくぞ」

ホームズはけわしい顔でランプを灯すと、廊下《ろうか》にでた。ドアを二度ノックしたが返事はない。

ホームズはドアノブをまわしてなかにはいった。わたしもぴったりあとにつづく。手にはピストルをかまえたままだ。

わたしたちの目にとびこんできたのは、異様《いよう》な光景だった。テーブルの上には遮光器《しゃこうき》で半分光をさえぎったランタンがのっていて、明るい光を扉《とびら》が半びらきになった鋼鉄製《こうてつせい》の金庫にそそいでいた。

そのテーブルの横の木の椅子《いす》には、丈《たけ》の長いガウンをまとったロイロット博士がすわっていた。トルコ風の赤いスリッパに足をつっこんでいるが、くるぶしがむきだしだ。

ひざの上には、短い持ち手の長い鞭《むち》がのっていたが、昼に見かけたものだった。博士はあごをつきだすように上をむき、天井《てんじょう》のすみの一点を恐怖《きょうふ》に満ちたきびしい目つきで見つめている。

博士の額《ひたい》のまわりには茶色いまだらのある奇妙《きみょう》な紐《ひも》が巻《ま》きついていた。どうやら、頭にきつくしばりつけられているようだ。

わたしたちが部屋に踏《ふ》みこんでも、博士は声もあげなければ、身動きもしなかった。

「紐だ！　まだらの紐だ！」ホームズがささやいた。

わたしが一歩前にでた瞬間《しゅんかん》、その奇妙なヘアバンドが動きだした。そして、博士の髪《かみ》のなかから、ダイアモンド型の頭とふくらませた喉《のど》をもたげた。それは見るもおぞましい毒蛇《どくへび》だったのだ。

「沼毒蛇《ぬまどくへび》だ！」ホームズが叫《さけ》んだ。「インドでいちばんおそろしい蛇なんだ。博士はかまれて十秒もたたないうちに死んでしまっただろう。暴力《ぼうりょく》には暴力がはね返るとはこのことだ。策士《さくし》は人を落とすために掘《ほ》った穴《あな》に、自ら落ちてしまうんだ。まずはその蛇をもとのすみかに追いこんで、ミス・ストーナーを安全な場所に移《うつ》そう。地元の警察《けいさつ》に知らせるのはそれからだ」

そういいながら、ホームズは犬用の鞭を死人のひざからすばやくとりあげ、輪の部分を蛇の首にかけると、そのおぞましい止まり木からひきたてて、腕《うで》を精一杯《せいいっぱい》のばしながら、金庫に投げこみ、扉《とびら》をしめた。

これがストーク・モーランのグリムズビー・ロイロット博士の死の真相だ。

すでに、ずいぶん長く話してきたのだから、これ以上話をひきのばして、おびえる女性《じょせい》にどのように悲しいニュースを伝えたかとか、どのように説き伏《ふ》せて朝一番の汽車でハロウの叔母《おば》さんのところへ送りこんだかとか、博士の死が危険《きけん》なペットをもてあそんだせいだという結論《けつろん》に達するまでの検死官《けんしかん》ののろまさなどについて、ながながと語ることもないだろう。

わたしにはよくわからなかったこの事件《じけん》のいくつかの点については、翌日《よくじつ》の帰りの汽車のなかで、ホームズが教えてくれた。

「実をいうと、はじめにぼくは、まったく見当ちがいの結論《けつろん》に達していたんだよ、ワトソン。不十分な証拠《しょうこ》がいかにあぶなっかしいものかということさ。

旅芸人たちがいたこと、そして、かわいそうなお姉さんが『紐《バンド》』ということばを使ったことで、ぼくはまったく別のにおいをかぎとってしまったんだ。お姉さんは、マッチの火で一瞬《いっしゅん》だけ見たものを説明しようとしたんだろうけどね。

それでもしかし、部屋にいた人間をおびやかした危険《きけん》がどんなものであれ、それが窓《まど》からもドアからも侵入《しんにゅう》することが不可能《ふかのう》だと知った瞬間《しゅんかん》に、考えをあらためた点は、自分で自分をほめてやりたい気分だよ。

ぼくの関心はきみにも告げたように、すぐさまあの通風孔《つうふうこう》にむけられた。それと、ベッドの上につるされた呼《よ》び鈴《りん》のロープだ。あれが見せかけのもので、ベッドが床《ゆか》に固定されているのを発見した瞬間、あのロープはあの穴《あな》からベッドへとやってくる何者かの橋なんじゃないかという疑《うたが》いが頭にうかんだんだ。それが蛇《へび》だろうというアイディアにたどりついたのもすぐだった。それと博士がインドから生き物をとりよせていたという情報《じょうほう》とが結びついて、これが正しい筋道《すじみち》にちがいないと感じたのさ。

化学的な検査《けんさ》でも検出《けんしゅつ》できない毒を使うというアイディアは、いかにも東洋で腕《うで》をみがいてきた賢《かしこ》くて残酷《ざんこく》な人間が思いつきそうなものだ。あのような毒が即座《そくざ》に効《き》くという点も博士から見たら都合がよかっただろうな。実際《じっさい》、毒牙《どくが》にかまれたあとの、ふたつの小さな点を見分けるのは、よほどの鋭《するど》い検死官《けんしかん》じゃなければ無理だろう。

それから、笛の音についても考えた。とうぜんながら、夜が明けるまでに蛇を呼び返さなければ、被害者《ひがいしゃ》に気づかれてしまう。ぼくたちが見たあのミルク皿を使って、帰ってくるように訓練したんだろうな。博士はいちばんいいと考える時間にあの通風孔《つうふうこう》からロープを伝ってベッドまでおりるようにしこんだのさ。蛇《へび》が確実《かくじつ》に人を襲《おそ》うとはかぎらないから、一週間ぐらいはぶじでいられるかもしれない。それでも、被害《ひがい》にあうのは時間の問題だった。

博士の部屋にはいる前に、ここまでの結論《けつろん》に達していたんだ。椅子《いす》を調べると、博士があの上に何度も立っていたことがわかった。それはもちろん、通風孔に手をのばすためだ。それにあの金庫、ミルク皿、はしを輪にした鞭《むち》までそろったんだから、もう疑《うたが》いはのこっていなかった。ミス・ストーナーがきいた金属《きんぞく》の音というのは、博士があわてて金庫をしめたときのものだろう。

ここまで確信《かくしん》を得られれば、ぼくがどのようにそれを証明《しょうめい》していったのかはきみも知ってのとおりだ。

きみもきいたにちがいないが、蛇が立てる音をきいた瞬間《しゅんかん》、ぼくはマッチを擦《す》って、攻撃《こうげき》を加えた」

「あれで、蛇は通風孔からもどっていったんだな」

「そして、むこうにいたご主人様に牙《きば》をむいたというわけさ。ぼくのステッキにたたかれたせいで蛇の怒《いか》りがときはなたれて、最初に見かけた人間にとびついたんだろう。そんなわけだから、グリムズビー・ロイロット博士の死については、間接《かんせつ》的にではあっても、ぼくに責任《せきにん》があるのは認《みと》めるよ。とはいっても、それほど重い良心の呵責《かしゃく》を感じているとはいえないんだがね」

黄色い顔

The Adventure of the Yellow Face

わたしの友人であるシャーロック・ホームズのたぐいまれな才能《さいのう》のせいで、わたしは奇妙《きみょう》なドラマの聞き手だけではすまずに、ときには役者までさせられることもあった。そうした事件《じけん》の記録を出版《しゅっぱん》するにあたっては、失敗より成功を多くとり上げるのはとうぜんといってもいいだろう。べつにホームズの評判《ひょうばん》を気にかけてのことではない。

実際《じっさい》のところ、ホームズという男は追いつめられて、もはやこれまでと思われたときにこそ、おどろくべきエネルギーと機知を発揮《はっき》するのだから。

そして、ホームズが謎解《なぞと》きに失敗した事件は、だれにも解《と》き明かすことができずに迷宮入《めいきゅうい》りしてしまうことがほとんどだ。

ところが、ホームズが失敗に終わった事件でも、真相にたどりついていたことはしばしばある。わたしの事件簿《じけんぼ》にもそのような記録が五、六件《けん》あるのだが、これから語るのは、「第二のしみ」事件とともに、もっとも興味深《きょうみぶか》いものといっていいだろう。

シャーロック・ホームズは、運動のための運動などはめったにしない。ホームズほど筋力《きんりょく》のあるものはなかなか見あたらないし、非常《ひじょう》にすぐれたボクサーであることも疑《うたが》いようがないのだが、目的もなしに体を鍛《きた》えるなどエネルギーのむだだといって、なにか事件がらみの目的でもないかぎり、体を動かすこともほとんどなかった。それでいて、力がみなぎっていて疲《つか》れを知らないのだ。

そのような状況《じょうきょう》で体力を維持《いじ》しつづけていたとはおどろきだが、食事は粗末《そまつ》で生活習慣《しゅうかん》は質素《しっそ》だった。ときどきはあやしいクスリにも手をだしたが、ほかに悪い習慣はなかったし、そのクスリにしても、事件がすくなく、新聞を読んでも興味《きょうみ》をひくものがないときの退屈《たいくつ》しのぎにすぎなかった。

早春のある日、ホームズはわたしと散歩にでかけようというぐらいくつろいだ気分だった。公園ではニレの木に新芽が吹《ふ》いて、クリの木のねばねばした槍《やり》のような新芽は五葉にひらきはじめていた。

わたしたちは、たがいによく知った男同士にふさわしく、ほとんど話もせずに二時間ほどぶらぶら歩きまわった。ベイカー街にもどってきたのは、午後も五時ごろになっていた。

「だんなさま」給仕の少年がドアをあけながらいった。「紳士《しんし》がおひとり、ホームズさんを訪《たず》ねていらっしゃいました」

するとホームズはとがめるような目でわたしを見ながらいった。「午後に散歩になんかでるもんじゃないな！　それで、その紳士は帰ってしまったんだね？」

「はい、だんなさま」

「なかで待つようにはいわなかったのかい？」

「いいました。それで、なかでお待ちになってました」

「どれぐらい？」

「三十分ほどです。なんだかすごく落ち着きがなくて、ずっと歩きまわったり足を踏《ふ》み鳴らしたりしてました。ぼくはドアの外に立ってたんできこえたんです。しまいには廊下《ろうか》にでてきてこう叫《さけ》んだんですよ。

『いったいいつになったら帰ってくるんだい？』って。

『もうしばらくお待ちください』ぼくはそういいました。

『それなら外で待つことにするよ。息がつまりそうだから。またすぐもどる』

そうおっしゃると、さっさとでていってしまわれました。ぼくがなにをいってもひきとめるのは無理だったと思います」

「なるほど、よくやってくれた」ホームズはそういって部屋にはいった。

「それにしてもまずかったな、ワトソン。仕事がほしくてたまらないし、その男の落ち着きのなさからすると、よほどの事件《じけん》だったろうにな。

おやおや！　テーブルの上にあるパイプはきみのものじゃないぞ。わすれ物にちがいない。年季のはいったりっぱなパイプじゃないか。タバコ屋が琥珀《こはく》と呼《よ》んでる長い吸《す》い口がついてる。本物の琥珀《こはく》の吸い口がついたパイプなんて、ロンドンじゅうさがしたって、そうはないんだ。

なかにハエがとじこめられているのが本物の証拠《しょうこ》だっていうものもいるけど、にせものの琥珀にハエをいれる商売上手もいるからな。それにしても、あきらかにとてもだいじにしているものをわすれていくぐらいだ。よほどとりみだしているんだな」

「だいじにしてるなんて、どうしてわかるんだい？」

「ぼくが見たところ、このパイプの値段《ねだん》は七シリング六ペンスといったところだ。ところが、ほら、二度も修理《しゅうり》したあとがある。一度は木の柄《え》の部分で、もう一度は琥珀の部分だ。見てのとおり、どちらも銀の輪で直してあるんだが、元の値段よりよっぽど高くついたはずさ。おなじ値段をだして新しいものに買い替《か》えるより、直すほうを選んでるんだから、よほどだいじにしてるってことだ」

「ほかにもなにかあるのかい？」ホームズがそのパイプを手のなかでひっくり返し

ては、もの思いにふけっているようなのでわたしはたずねた。

ホームズはパイプを目の前にかざすと、骨《ほね》について授業《じゅぎょう》をする教授《きょうじゅ》のように、長くて細い人差し指で軽くたたいた。

「パイプっていうのは、ときに、実に興味深《きょうみぶか》いものなんだ。懐中時計《かいちゅうどけい》と靴《くつ》ひもをべつにすれば、これほど持ち主の個性《こせい》があらわれるものはない。ただ、このパイプについていえば、それほどめずらしくもおもしろくもないね。わかるのは、持ち主が筋骨隆々《きんこつりゅうりゅう》とした左利きの男で、頑丈《がんじょう》な歯を持っていて、日ごろの生活には無頓着《むとんちゃく》、経済《けいざい》的にはちっともこまっていないってことぐらいだな」

ホームズはぶっきらぼうにそういうと、どれくらい推理《すいり》についてこられたのか確《かく》認《にん》するように、首をかしげながらわたしを見た。

「七シリングのパイプを吸ってるから、それが金にこまっていない理由だとでもいうのかい？」わたしはそういった。

「これは一オンス八ペンスもするグローブナー混合《こんごう》タバコだよ」ホームズは手のひ

らに吸《す》い殻《がら》をたたきだしながら答えた。「この半分の値段《ねだん》で高級なタバコが買えるんだ。経済《けいざい》的にこまってるはずがないだろ」

「じゃあ、ほかの点は?」

「パイプに火をつけるときは、もっぱらランプやガスを使ってるようだ。ほら、こっち側がすっかり焦《こ》げてるだろ? マッチじゃこうはならない。わざわざマッチで横っ腹《ばら》を焦がすやつなんかいないさ。けれど、ランプでつけるとなると、どうしたって火皿を焦がすことになる。しかも、いつもパイプの右側だ。そこから左利きだってこともわかる。

きみもランプでパイプに火をつけてみるといい。きみは右利きだから、とうぜん左側に炎《ほのお》がくることになる。たまには反対からってことはあっても、いつもってわけにはいかない。このパイプはいつも左手で持ってる。

それから、琥珀《こはく》についた歯型を見るといい。よほど力が強くて、頑丈《がんじょう》な歯を持った男じゃなきゃこうはならない。

どっちにしても、ききまちがいじゃなければ、ご本人が階段《かいだん》をのぼってくるぞ。パイプよりずっとおもしろいものが見られるってわけだ」

その直後、ドアがあいて、背《せ》の高い若《わか》い男が部屋にはいってきた。上等そうで地味なダークグレイの背広《せびろ》を着ていて、手に茶色のつばの広い中折帽《なかおれぼう》を持っていた。三十歳《さい》ぐらいに見えたが、実際《じっさい》にはもうすこし年上だった。

「失礼しました」男はどぎまぎしながらいった。「ノックするべきでした。ええ、もちろんノックしなくちゃいけなかったんです。ただ、あんまり動転していたものですから。どうかご容敇《ようしゃ》ください」男はめまいをおさえるかのように左手で額《ひたい》をぬぐい、すわるというよりは倒《たお》れこむように椅子《いす》に腰《こし》かけた。

「どうやら一日二日、寝《ね》ていらっしゃらないようですね」ホームズはさりげなく、やさしげに声をかけた。「眠《ねむ》れないのは、仕事や遊びよりずっと神経《しんけい》にこたえますからね。それで、どうされましたか?」

「あなたのアドバイスがほしいんです。どうしたらいいのやら、さっぱりわかりません。このままじゃ、人生がめちゃくちゃになってしまいそうです」

「わたしを探偵《たんてい》として雇《やと》って、相談に乗ってほしいということでしょうか？」

「それだけじゃありません。あなたを賢明《けんめい》な、世間をよく知る方と見こんで、意見をうかがいたいんです。ぼくがこれからどうするべきなのか教えてください。どうかおねがいします」

声は小さいものの、するどくひきつったようなはげしい調子で語るのだが、ひとこと話すのもつらそうで、意志《いし》の力でなんとかしぼりだしているようだ。

「とても微妙《びみょう》な問題でして、家庭の事情《じじょう》をはじめてお会いする方に話すのは気が進みません。妻《つま》のことを初対面のおふたりに話すなんておそろしいことです。そんなこと、ぞっとするぐらいなんですが、もうがまんの限界《げんかい》です。なんとしても、アドバイスがほしいんです」

「よくわかりました、グラント・マンローさん」ホームズが話しはじめた。

すると、依頼人《いらいにん》が椅子《いす》からぴょんと立ち上がった。「どうしてぼくの名を？」そう叫《さけ》ぶ。

ホームズはにっこり微笑《ほほえ》んで答えた。

「もし、身元を知られたくないのなら、帽子《ぼうし》の内側に名前を書くのはおやめになるべきですね。そうじゃなければ、帽子の山をこちらにむけるべきです。これからお話ししようと思っていたんですが、ぼくとここにいる友人は、この部屋でいやというほどたくさんの奇妙《きみょう》な秘密《ひみつ》をきいてきました。そして、幸いにも、悩《なや》みを抱《かか》えた多くの方に平安をもたらすことができました。あなたにもそうして差し上げることができると信じています。そのためにも、どうかこれ以上時間をむだにしないで、事件《じけん》についてお話しください」

よほど話しにくいことなのか、依頼人はふたたびこまったように左手を額《ひたい》にかざした。動作や表情《ひょうじょう》のひとつひとつから、なかなか心をひらかない男だということがわかる。いささかの自尊心《じそんしん》もあって、傷《きず》を人前にさらすよりは、かくしておきたいタイプのようだ。

ところがとつぜん、気持ちをふるいたたせるように、かたくにぎったこぶしをふりながら話しはじめた。

「わかりました。すっかりお話しします、ホームズさん。ぼくは既婚者《きこんしゃ》で妻《つま》とは三年前に結婚《けっこん》しました。この三年ぼくたちは、ほかのどの夫婦《ふうふ》にも負けないぐらい深く愛しあい、楽しく、幸せに暮《く》らしてきました。ぼくたちふたりのあいだには、くいちがいなんかひとつもなくて、口げんかもしたことがありません。

それなのに、この月曜日以来、とつぜん、ぼくたちのあいだに壁《かべ》ができてしまいました。妻の人生や考え方に、通りですれちがう見ず知らずの女性《じょせい》と変わらないぐらい、ぼくの知らないことがあることに気づいてしまったんです。ぼくたちの心は引き裂《さ》かれてしまいました。そして、どうしてもそのわけが知りたいんです。

その先を話す前に、ホームズさんに知っておいていただきたいことがひとつあります。妻のエフィはぼくを愛しています。その点はまちがいありません。エフィはぼくのことをこれまでとなにも変わらず、心の底から愛してくれているのです。ぼくにはそれがわかります。感じるんです。なんの疑《うたが》いもありません。男はだれでも、ある女性が自分を愛してくれていることはやすやすとわかるものですからね。

それなのに、ふたりのあいだに秘密《ひみつ》ができてしまいました。それがなになのかわかるまで、けっしてこれまでのようにはいきません」

「どうぞ、これまでに起こった事実をお話しください、マンローさん」ホームズは、すこしばかりいらだっているようだ。

「それでは、ぼくが知っているエフィの経歴《けいれき》をお話しします。ぼくたちが出会ったとき、エフィは未亡人《みぼうじん》でした。とはいってもまだまだ若《わか》くてほんの二十五歳《さい》でした。そのときは、ミセス・ヘブロンと名乗っていました。

子どものころにアメリカにわたって、アトランタに住んでいたのですが、そこでやり手の弁護士《べんごし》、ヘブロン氏と結婚しました。子どもがひとりありましたが、当地で大流行した黄熱病にかかって、夫も子どもも亡《な》くしてしまいます。ぼくはヘブロン氏の死亡証明書《しぼうしょうめい》を見ています。

アメリカにいるのがつらくなったエフィは、ミドルセックス州のピンナーに住む独身《どくしん》の叔母《おば》をたよってイギリスに帰ってきました。亡《な》くなった夫がかなりの財産《ざいさん》を遺《のこ》していることも申し上げておかなければなりませんね。その額《がく》は四千五百ポンドにものぼっていて、亡き夫がうまく投資《とうし》したおかげで、七パーセントの利子も生んでいます。

ぼくたちが出会ったのは、エフィがピンナーにやってきて半年しかたっていないときでした。ぼくたちはお互《たが》いに恋《こい》に落ち、出会って数週間で結婚《けっこん》しました。ぼくはホップをあつかう商売をやっていて、収入《しゅうにゅう》も七、八百ポンドほどあります。生活にはなんの不足もなく、年八十ポンドでノーベリにこぎれいな別荘《べっそう》を借りています。

この別荘地は都会に近いのにひなびたところで、ぼくたちの別荘のすこし先には宿屋が一軒《けん》と民家が二軒、それにむかいの野原のむこうに別荘が一軒あるきりで、駅までの道を半分ほどいかないと、ほかには家一軒ありません。

仕事の関係で、季節によっては街にいなければなりませんが、夏のあいだはそれほど忙《いそが》しくないので、この田舎《いなか》の別荘にでかけて、夫婦《ふうふ》ふたりで望みどおりの幸せなときをすごしていました。

あのいまわしい事件《じけん》が起こるまで、ぼくたちのあいだには、影《かげ》ひとつなかったんです。

ここでまた、先に進む前にお話ししなければいけないことがあります。ぼくたちが結婚するとき、エフィは財産のすべてをぼくに託《たく》しました。そんなこと、ぼくは望んでいませんでした。もし、ぼくの商売がうまくいかなくなったら、めんどうなことになるのは目に見えていますから。それでも、エフィは一歩もひかず、そのとおりになりました。

ところが、六週間前、エフィはぼくのところにきてこういいました。

『ねえ、ジャック、あなたにお金をわたしたとき、もし、わたしにお金が必要になったら、いつでもいってほしいとおっしゃったわよね？』

『うん、そのとおりだよ。全部きみのお金じゃないか』

『それなら、百ポンドおねがいしたいの』

その額《がく》の大きさに、ぼくはすこしばかりびっくりしました。必要なのはせいぜい新しいドレスかなにかの分だろうと思っていたからです。

『なにに使うんだい？』ぼくはたずねました。

『あら』エフィはおどけたようにいいます。『あなたはわたしの銀行だっていったわよね？　銀行員はそんなことときかないものよ』

『必要なら、もちろんすぐに用意するよ』

『ええ、必要なの、おねがい』

『そして、なにに使うかは教えてくれないんだね？』

『たぶん、いつか。でもいまは無理なの、ジャック』

ぼくはそれ以上、なにもいえませんでした。こうして、ぼくたちのあいだにはじめての秘密《ひみつ》ができたんです。ぼくは小切手をわたしました。そして、それ以上考えないことにしました。このことと、そのあとに起こったことはなにも関係がないのかもしれませんが、お話ししておいたほうがいいと思いまして。

さて、ぼくたちの別荘《べっそう》から遠くないところに別荘が一軒《けん》あると、先ほどお話ししましたね。あいだには野原があるだけなのですが、そこへいくには街道を遠まわりしてから、小道にはいっていかなければなりません。その別荘の先にはアカマツの林があって、そのあたりはぼくのお気に入りの散歩コースになっていました。木々《きぎ》にはいつも親しみを感じるんです。

ところで、その別荘はこの八か月ほど空き家になっていました。二階建てのすてきな家なので、ぼくはなんだかざんねんに思っていたんです。スイカズラのツルがからまる古風なポーチもあるんですよ。ぼくはその家の前に何度も立って、きっとすばらしい住み心地だろうと思っていました。

さて、今週の月曜の夕方のことです。ぼくはいつものようにその別荘の方に散歩にでました。ちょうどそこへ小道から空の荷馬車がでてくるところにでくわしたんです。

のぞいてみると、ポーチのわきの芝生《しばふ》の上には、カーペットだのなんだの荷物が積まれています。ようやく、借り手がついたのはあきらかです。

ぼくは横目にとおりすぎましたが、ご近所にやってきたのはどんな人たちだろうと想像《そうぞう》していました。そして、なにげなく目をやった瞬間《しゅんかん》、二階の窓《まど》からぼくのほうを見ている顔があるのに気づいたんです。

ホームズさん、その顔のなにがそうさせたのか、ぼくにはわかりません。ただ、ぼくの背中《せなか》に冷たいものがぞくっと走りました。すこしばかりはなれているので、どんな顔つきだったのかはよくわかりません。それでも、その顔に、どこか人間ばなれした不思議な雰囲気《ふんいき》を感じたんです。

そんな思いにとらわれて、ぼくを見ている人物をもっとよく見てやろうと足早に近づきました。ですが、そのとたん、その顔は姿《すがた》を消しました。部屋の暗がりに、ふいに溶《と》けてなくなったようでした。

ぼくはその場に五分ほどもつっ立ったまま、あれはいったいなんだったんだろうと考えにふけりました。あれが男だったのか、女だったのかもわかりません。遠すぎてわからなかったんです。

ただ、その顔色はとても深く印象にのこっています。黄色というか、白っぽい土気色とでもいうのでしょうか、かたくこわばったその表情《ひょうじょう》は、ショックを受けるぐらい不自然でした。

あまりにも心が乱《みだ》れたものですから、この別荘《べっそう》の新しい住人のことをもうすこし調べてやろうと決心しました。ドアに近づいてノックすると、すぐさまドアがあきました。そこには背《せ》の高い、やせた女性《じょせい》が、人をよせつけないきびしい顔つきで立っていました。

『なんの用です?』その人は北部なまりでたずねました。

『近所のものです。ほらあそこの』そういってぼくの別荘の方に顔をむけました。『引っ越《こ》してこられたばかりのようですが、なにかお手伝いできることがないかと思いまして……』

『ええ、ええ、なにかあったらおねがいします』

それだけいうと、ピシャリとドアをとざしてしまいました。そうやって乱暴《らんぼう》にはねつけられたことにとまどいながら、ぼくはすごすごと家までもどりました。なんとか気をそらそうとするんですが、ぼくはあの窓《まど》の顔と、がさつな女性《じょせい》のことばかり考えて夜をすごしました。妻《つま》にはひとことも話すまいと決めていました。神経質《しんけいしつ》でとても気に病みやすい性格《せいかく》だからです。ぼくが感じた不愉快《ふゆかい》な気分を、エフィに味わわせたくなんかありません。

それでも、眠《ねむ》る前にひとことといいました。あの別荘《べっそう》に人がはいったよ、と。なにも返事はありませんでしたが。

ぼくはふだんはぐっすり眠るタイプです。家族のあいだでは、一度眠ってしまったら、なにがあっても起きないと評判《ひょうばん》だったぐらいです。それなのに、あの日の夜はちがいました。あのささやかな冒険《ぼうけん》で、すこしばかり興奮《こうふん》していたせいなのかどうかわかりませんが、いつもより、ずっと眠りが浅かったんです。夢《ゆめ》うつつのなかで、寝室《しんしつ》でなにか動きがあることに気づいていて、やがて、それは妻が着替《きが》えて、マントとボンネットをつけているのだということがわかりました。こんな夜中に身支度《みじたく》をしていることへのおどろきなのか文句《もんく》なのか、寝《ね》ぼけたつぶやきがぼくの口からもれでた瞬間《しゅんかん》、半びらきのぼくの目に妻の顔が映《うつ》りました。ロウソクの火が照らすその顔に衝撃《しょうげき》を受け、ぼくはことばを失いました。妻の表情《ひょうじょう》はそれまで一度も見たことのないものでした。妻にそんな表情ができようとは、考えたこともありません。死人のように青ざめ、息は荒《あら》く、マントを羽織《はお》りながら、ぼくが目ざめやしないかと、ちらちらベッドの方を見ているのです。ぼくが眠っていると思ったのか、妻は音も立てずに部屋をでていきました。そして、そのすぐあとに、玄関《げんかん》のドアの蝶番《ちょうつがい》がきしむ鋭《するど》い音がきこえてきました。ぼくはベッドの上に身を起こし、こぶしでベッドの手すりをたたきました。ほんとうに自分が起きているのかどうか、たしかめるためです。それから、枕《まくら》の下から懐中時計《かいちゅうどけい》をとりだしました。夜中の三時です。いったいぜんたい、夜中の三時に、こんな田舎《いなか》の道にひとりででていくなんて、エフィはなにをしているんでしょう？ぼくはあれこれ考えながら、二十分ほどそのまますわっていたでしょうか。なんとか納得《なっとく》のいく説明をひねりだそうとしていたんですね。でも、考えれば考えるほど、いっそう謎《なぞ》は深まるばかりです。

玄関《げんかん》のドアがふたたびそっとしまる音をきいたとき、ぼくはまだとほうに暮《く》れていました。エフィの足音が階段《かいだん》をのぼってきます。

『いったい、どこにいってたんだい、エフィ？』部屋にはいってくるとぼくはたずねました。

ぼくに声をかけられたエフィのおどろきようといったら！　ヒッ！という悲鳴まであげたんです。その声はぼくをなによりも悩《なや》ますことになりました。そこにことばにはできないようなうしろめたさを感じたからです。

妻《つま》はそれまで、いつだって気さくで、かくしごとのない性格《せいかく》でした。それなのに、自分の部屋にこっそり帰ってきて、夫に話しかけられたときに悲鳴をあげてたじろいだんです。それを見て、ぼくはぞっとしました。

『起きてたの、ジャック！』ひきつったように笑いながらそういいます。『どんなことがあっても、目をさまさないんだって思ってた』

『どこにいってたんだい？』ぼくはきびしい口調でたずねました。

『おどろくのも無理はないわね』マントのボタンをはずす指はふるえています。『でも、これまでこんなこと、一度だってしたことはないのよ。わたしね、なんだか息がつまりそうな気分になって、どうしても新鮮《しんせん》な空気を吸《す》いたくなったの。外にでなければ、気を失ってしまうんじゃないかと思った。外で何分か立っていたら、すっかり元にもどったわ』

そう話しているあいだ、エフィは一度もぼくのほうを見ませんでした。それに、声の調子もいつもとはぜんぜんちがいます。嘘《うそ》をついているのはあきらかでした。

ぼくはなにも返事をせず、壁《かべ》の方に顔をそむけました。心は傷《きず》つき、千ものいまわしい疑念《ぎねん》が渦巻《うずま》いています。妻《つま》はいったいなにをかくしているんだろう？　いったいどこにいっていたんだろう？　それがわかるまで、けっしてぼくの心が安らぐことがないのはたしかです。

それでも、一度嘘《うそ》をきかされた以上、重ねてたずねる度胸《どきょう》もありません。その夜は、まんじりともしないで寝返《ねがえ》りをくり返すばかりでした。頭のなかではさまざまな考えをめぐらすのですが、考えれば考えるほど、どんどん現実《げんじつ》ばなれしたものになります。

その日は、ロンドンにでる用事があったのですが、あまりにも心が乱《みだ》れていて、商売のことを考えるどころではなかったのでとりやめました。妻もぼくとおなじぐらい心を乱しているようでした。自分がついた嘘をぼくが信じていないのがわかった上で、しきりに探《さぐ》りをいれるような視線《しせん》をぼくにむけてきます。妻もとほうに暮《く》れているのです。

朝食のあいだじゅう、ぼくたちはことばをかわしませんでした。朝食が終わると、ぼくはすぐに散歩にでました。朝の新鮮《しんせん》な空気のなかで頭を整理したかったんです。ぼくは水晶宮《すいしょうきゅう》まで足をのばし、そこで一時間ほどすごしてから、一時ごろノーベリにもどりました。例の別荘《べっそう》の前をとおりかかったのはたまたまです。ぼくはつかのま立ち止まってあの窓《まど》を見上げました。前日見かけたあの奇妙《きみょう》な顔をもう一度見られないかと思ったからです。

ホームズさん、そこに立っていたぼくのおどろきを想像《そうぞう》してみてください。なんと、その別荘のドアがとつぜんあいて、妻がでてきたのです。

妻の姿《すがた》を見て、ぼくは呆然《ぼうぜん》としていました。それでも、目があったときに浮《う》かんだ妻の表情《ひょうじょう》を見たときのおどろきにくらべれば、そんなものはなんでもありません。妻は一瞬《いっしゅん》、でてきた家に舞《ま》いもどりたいとねがっているように見えました。しかし、かくしだてをしても意味がないと思ったのか、ぼくの方に歩いてきました。顔はまっさおで、口元に浮かんだ微笑《びしょう》とは対照的に、目はおびえきっています。

『あら、ジャック。新しいご近所さんに、なにかお手伝いすることはないかってうかがいにきたの。そんな顔してどうしたの？　まさか、怒《おこ》ってるんじゃないわよね？』

『なるほど』ぼくはいいました。『ここだったんだね。昨晩《さくばん》、やってきたのは』

『どういうこと？』妻《つま》は叫《さけ》びました。

『ここにきてたんだ。まちがいない。いったい、だれなんだい？　あんな時間に訪《おとず》れる相手っていうのは』

『ここにきたのは、はじめてよ』

『どうして、そんな見え透《す》いた嘘《うそ》をつくんだ？』ぼくは声をはりあげました。『きみは嘘をつくとき、声の調子が変わるんだよ。ぼくはきみに秘密《ひみつ》を持ったことなんかあったかい？　この別荘《べっそう》にはいらせてもらうよ。とことん、調べなきゃ』

『それはやめて、ジャック。おねがいだから』妻は感情《かんじょう》をおさえきれず、あえぐようにそういいました。ぼくがドアにせまると、妻はぼくの袖《そで》をつかんで、ものすごい力でひっぱります。

『どうかおねがいだから、やめてちょうだい、ジャック』そう叫びました。『いつかかならず、なにもかも話しますから。でも、あなたがいまこの別荘にはいれば、とんでもなくみじめなことが起こるんです』妻の手をふりほどこうとしたのですが、必死で懇願《こんがん》しながらしがみついてきます。

『信じてちょうだい、ジャック！　たった一度だけ。絶対《ぜったい》、後悔《こうかい》はさせないから。あなたのため以外に、秘密を持つなんて、けっしてしないことはわかってるでしょ。わたしたちの将来《しょうらい》は、いまこの瞬間《しゅんかん》にかかってるの。このままいっしょに家に帰ってくれれば、なにもかもうまくいく。もし、無理にでもこの別荘に踏《ふ》みこんだりしたら、なにもかもがおしまいなの』

あまりにも真剣《しんけん》に、必死に語りかけるその姿《すがた》、ことばにぼくは一歩も動けなくなりました。ドアの前に立ちすくんでいたんです。

『ぼくの条件《じょうけん》をきいてくれるなら、信用するよ。たったひとつの条件でいい』ようやく、ぼくはそういいました。『もう、これ以上、かくしごとはなしにしてほしい。

この秘密《ひみつ》を守りとおすのは自由だけれど、これ以上、夜中にでかけたり、ぼくにかくれてこそこそなにかをしたりしないでほしいんだ。これから先、この約束を守ってくれるなら、きれいさっぱりわすれるよ』

『きっと、信用してもらえると思ってた』妻《つま》は心底ほっとしたようにそう叫《さけ》びました。『いわれたとおりにします。さあ、いきましょう。家に帰りましょう』

ぼくの袖《そで》をにぎったまま、妻はぼくをその別荘《べっそう》から遠ざけました。

ところが、ふとふり返ると、二階の窓《まど》からあの不気味な黄色い顔がこちらを見ていたんです。あの気味の悪い人間と妻とのあいだに、どんな関係があるというんだろう？　それに、前日見た、あのがさつでたけだけしい女性《じょせい》との関係は？　これはとても奇妙《きみょう》な謎《なぞ》です。この謎がとけるまで、ぼくの心が休まることはけっしてありません。

それから二日のあいだ、ぼくは別荘にとどまりました。妻も約束をきっちり守っていたようです。すくなくともぼくが知るかぎり、外にでることはありませんでしたから。

ところが、三日目のことです。あの厳粛《げんしゅく》な約束さえも、この秘密に背《せ》をむけさせるだけの力がなかったことを示《しめ》す、証拠《しょうこ》をつきつけられることになってしまいました。この秘密には夫や約束を裏切《うらぎ》ることさえいとわない魅力《みりょく》があったようなのです。

その日、ぼくは用事で街にでました。しかし、いつもの三時三十六分発ではなく、二時四十分発の汽車で帰ってきました。ぼくが家にはいると、メイドが血相をかえて玄関《げんかん》にとびだしてきました。

『エフィはどこだい？』ぼくはたずねました。

『お散歩だと思います』メイドは答えました。

その瞬間《しゅんかん》、ぼくの心は疑《うたが》いでいっぱいになりました。まずは二階にかけ上がって、エフィがどこにもいないことを確認《かくにん》しました。

ふと二階の窓から外を見ると、先ほどことばを交わしたばかりのメイドが、野原をよこぎって、あの別荘の方に走っていくのが見えました。ぼくには、それがどういうことなのかぴんときました。妻《つま》はあそこにいるにちがいありません。ぼくが帰ってきたらすぐに知らせるよう、メイドにいいおいていたのでしょう。すっかり頭にきたぼくは、階段《かいだん》をかけおり、なにもかもに決着をつけてやると心に決めて、野原を走りました。妻とメイドが小道をいそいでもどってくるのが見えましたが、ぼくは立ち止まってふたりに声をかけることもしませんでした。あの別荘《べっそう》には、ぼくの人生に暗い影《かげ》を投げかける秘密《ひみつ》があるんです。

ぼくは誓《ちか》っていました。それがなんであれ、これ以上秘密のままにはしておかないぞ、と。ぼくはノックもせずに、ドアノブをひねると廊下《ろうか》にかけこみました。

一階は静かで、人が動く気配もありません。キッチンではやかんがチンチンと音を立て、大きな黒猫《くろねこ》がバスケットに丸まっています。でも、以前、見かけたあの女性《じょせい》はどこにもいません。

ほかの部屋にも踏《ふ》みこみましたが、やはりだれもいません。ほかの二部屋ももぬけの殻《から》ですし、二階もおなじです。その家のどこにも、だれひとりいなかったんです。家具や壁《かべ》にかけられた絵は、ごくありきたりの安っぽいものでした。ただ、ぼくがあの奇妙《きみょう》な顔を見た部屋だけは別でした。そこだけは居心地《いごこち》よさそうな優雅《ゆうが》なしつらえだったのです。暖炉《だんろ》の上に妻の全身写真が掲《かか》げられているのを見た瞬間《しゅんかん》、それまでのすべての疑惑《ぎわく》が、苦々《にがにが》しい怒《いか》りの炎《ほのお》に変わりました。その写真はほんの三か月前に、ぼくが求めて撮《と》ったものだったのです。

ぼくは、その家にだれひとりいないのを確信《かくしん》するまでそこにいました。それから、すごすごと立ち去ったわけですが、心にはこれまで感じたことのない重苦しさを抱《だ》いていました。

ぼくが家にもどると、妻が玄関《げんかん》にでてきました。けれども、あまりにも傷《きず》ついていたのと腹立《はらだ》たしいのとで、話しかける気力もなく、妻をおしのけて書斎《しょさい》にはいりました。ところが、ドアをしめる前に、妻もあとをついてはいってきたのです。『約束をやぶってごめんなさい、ジャック』妻がいいます。『でも、この状況《じょうきょう》をすべて知ってもらえれば、きっと許《ゆる》してもらえるはずだって信じてる』

『じゃあ、なにもかも話してもらおう』

『でも、できないの。できないのよ』妻《つま》は叫《さけ》びました。

『あの別荘《べっそう》にいるのがだれなのか、そして、あの写真をあげた相手がだれなのかいわないかぎり、ぼくたちのあいだには信頼《しんらい》関係なんか結べるはずがないじゃないか』

ぼくはそういうと、妻をふりきって家をでました。

それがきのうのことです。それから妻の顔は見ていません。そして、この奇妙《きみょう》な事態《じたい》についても、なにか新しくわかったことはありません。

これがぼくたちのあいだにかかったはじめての影《かげ》だというのに、なにをどうしていいのかさっぱりわからないぐらい、打ちのめされてしまいました。

あなたこそぼくにアドバイスをしてくださるたったひとりのお方だと思いついたのが、けさがたのことです。そこでいそいでかけつけて、あなたになにもかもお話ししたというわけです。

もし、なにか不十分だと思われる点があれば、どうぞおたずねください。でも、なによりいますぐにでも、どうしていいのか教えてください。ぼくはもうこれ以上、このみじめな気持ちに耐《た》えられないんです」

それはそれは、感情《かんじょう》にまかせたぎくしゃくとしたやぶれかぶれの話しぶりだったのだが、ホームズとわたしは、最大限《さいだいげん》の関心を持って、この奇妙きわまる話に耳をかたむけていた。

ホームズはしばらくなにもいわずにすわっていた。頬杖《ほおづえ》をついて、もの思いにふけっているようだ。

「ひとつきかせてください」とうとう、そう口をひらいた。「窓《まど》からのぞいていた顔は男性《だんせい》のものだったといいきれますか？」

「遠くからしか見ていないので、断言《だんげん》はできません」

「それでも、とても不愉快《ふゆかい》な印象を持たれたんですね？」

「あまりにも不自然な顔色でしたから。それに、奇妙なぐらいこわばった感じがしたんです。ぼくが近づくと、すっといなくなってしまいました」

「奥《おく》さんが百ポンド要求したのはいつごろですか？」

「二か月ほど前です」

「奥さんの最初の夫の写真を見たことはありますか？」

「いいえ。その人が死んだ直後、アトランタで大火があって、なにもかも焼けてしまったようです」

「それでも、死亡証明書《しぼうしょうめい》はのこっていたんですね？　あなたはその目でご覧《らん》になっている」

「はい。火事のあとで複製《ふくせい》を手にいれたようです」

「アメリカ時代の奥さんのことを知る人と会ったことは？」

「ありません」

「奥さんが、アメリカを再訪《さいほう》したときいたことは？」

「いいえ、ありません」

「アメリカから手紙が届《とど》いたことは？」

「それもありません」

「ありがとうございます。しばらく、じっくり考えさせてください。いまその別荘《べっそう》がもぬけの殻《から》のままだとなると、少々《しょうしょう》むずかしいでしょうね。

ただ、こちらのほうが、よりあり得ると思うのですが、その別荘の住人は、あなたがやってくることをあらかじめ知らされて、きのうあなたが踏《ふ》みこむ前に姿《すがた》を消したんだとしたら、いまごろはもどってきているでしょう。そうであれば、話は簡《かん》単《たん》なんですがね。

そこであなたへのアドバイスです。ノーベリにおもどりになって、その別荘の窓《まど》をもう一度、じっくりごらんになってください。もし、だれかがいる気配を感じたら、決して踏みこんだりしないで、ぼくに電報《でんぽう》を打ってください。受けとりしだい一時間以内にかけつけますから。そうすれば、たちどころにすっかり解明《かいめい》できるでしょう」

「まだ、だれもいないままだったら？」

「その場合は、あしたうかがって、相談することにしましょう。それでは、さようなら。くれぐれも、はっきりした理由もなく気に病みすぎないように」

「ざんねんながら、まずい事件《じけん》のようだな、ワトソン」グラント・マンロー氏を送りだしてからホームズはいった。「きみはどう思う?」

「なんだか、いやな話だったたな」わたしは答えた。

「そうだな。それに脅迫《きょうはく》がからんでる。ほぼ、まちがいなくね」

「それで、脅迫してるのはだれなんだ?」

「例の別荘《べっそう》のたった一部屋だけある快適《かいてき》な部屋の住人にまちがいないだろう。暖炉《だんろ》の上に奥《おく》さんの写真が飾《かざ》られている部屋の主さ。誓《ちか》ってもいいよ、ワトソン。窓《まど》からのぞく黄色の顔なんて、ものすごくおもしろいじゃないか。なにがなんでも、この事件を解決《かいけつ》してみせるぞ」

「筋《すじ》は見えてるのかい?」

「ああ、まだ仮定《かてい》だけどね。でも、これが真相でなければびっくりだよ。あの別荘にいるのは奥さんの最初の夫だ」

「それはまた、どうして?」

「現在《げんざい》の夫が別荘にはいるのを、あれほどにも必死ではばもうとする理由が、ほかにあるかい?

おそらくはこんなことだろう。まず、その女性《じょせい》はアメリカで結婚《けっこん》した。ところが夫におぞけをふるうような悪癖《あくへき》でも見つけたんだろう。あるいは、夫がなにかおそろしい病気にでもかかったのかもしれない。そこで彼女《かのじょ》は夫の元から逃《に》げ去ってイギリスにもどり、名前も変えて、新しい人生を歩みはじめた。すくなくとも彼女はそう思っていた。

この三年間の結婚生活ですっかり安心しきっていたんだろうな。現在の夫には、元の夫とされる人物の死亡診断書《しぼうしんだんしょ》まで見せてるんだからね。

それなのに、とつぜん、元の夫に居場所《いばしょ》をつきとめられてしまった。おそらくは、その元夫といっしょにいる悪賢《わるがしこ》い女によってね。

ふたりは、手紙を書いて、なにもかもあばきにいくぞと脅《おど》す。彼女《かのじょ》はいまの夫に百ポンドをせびって、なんとかそれで解決《かいけつ》しようとした。なのに、彼《かれ》らはやってきた。そして、夫がさりげなく、例の別荘《べっそう》に新しい住人がやってきたといったのをきいて、それが自分を追ってきた連中だと気づいたんだろうな。

彼女は夫が眠《ねむ》るのを待って、いそいでかけつけ、どうか波風立てずにほうっておいてくれとたのみこむ。それが失敗に終わると、翌朝《よくあさ》またでかけたところで、夫に見られてしまう。ぼくたちがきいたとおり、ちょうど別荘からでてくる場面をね。

その場では、もう二度とこないと約束したものの、二日後になって、そのおそろしい隣人《りんじん》を追いはらいたいという気持ちに負けたんだろう。おそらくは相手から要求された写真を持って、別荘にいってしまったんだ。

連中と会っている最中にあわてふためいたメイドが夫の帰宅《きたく》を告げにきて、夫がすぐにでもやってくるだろうと知ったものだから、住人を裏口《うらぐち》からだして、すぐ近くのアカマツの林にでもかくしたんだろう。というわけで、夫がやってきたときにはもぬけの殻《から》だった。もし今晩《こんばん》になってもだれもいないとしたら、ぼくはおどろくよ。さあ、この推理《すいり》をどう思う?」

「ただの推論《すいろん》だろ」

「それでも、このなかにはすべての事実がふくまれてるよ。この推理ではカバーできない新事実があらわれたとしても、考え直す時間はたっぷりあるさ。ノーベリの依頼人《いらいにん》から電報《でんぽう》が届《とど》くまで、もう、なにもすることはないな」

しかし、それほど待つまでもなかった。電報はちょうどお茶が終わったところに届いた。

「別荘には人がいる」電報にはそうあった。「また窓《まど》にあの顔を見た。七時の汽車でこられたし。到着《とうちゃく》まで踏《ふ》みこまない」

汽車からおりると、依頼人はプラットホームで待っていた。駅の明かりが照らすその顔は青ざめている。そして、興奮《こうふん》のせいか、小きざみにふるえていた。

「まだいますよ、ホームズさん」ホームズの袖《そで》をぐいとつかんでそういう。「ここにくるときには、明かりも見えました。さあ、きっぱり終わらせましょう」

「それで、なにか計画は？」暗い並木道《なみきみち》を歩きながら、ホームズがたずねた。

「ぼくが踏《ふ》みこんで、だれがいるのか、この目でたしかめます。おふたりには証人《しょうにん》になっていただきたいんです」

「相当、決意はかたいようですね。奥《おく》さんからは、ふたりのためにも謎《なぞ》を解《と》こうとしないでほしいといわれてるんですよね」

「もう、心は決まっています」

「なるほど、たぶんそれでいいんでしょう。どんな真実であれ、あいまいな疑惑《ぎわく》よりはましなはずです。では、すぐにいきましょう。もちろん、これからやろうとしているのは、あきらかな不法行為《こうい》なわけですが、それだけの価値《かち》はあると思います」

とても暗い夜で、街道からせまい小道に折れたときには細かい雨が降《ふ》りはじめた。小道には深い轍《わだち》がきざまれていて、両脇《りょうわき》にはびっしりと生け垣《がき》が生えている。グラント・マンロー氏は、なりふりかまわずぐいぐい進んでいく。わたしたちは、もたつきながらもけんめいにあとを追った。

「あそこに見えるのはわが家の明かりです」木立のあいだにちらちらまたたく灯をさして、そうささやいた。「そして、こちらがこれからおしいろうとしている別荘《べっそう》です」

氏のことばをききながら、小道の角を曲がると、すぐそこにその別荘があった。暗闇《くらやみ》に一筋《ひとすじ》の黄色い線が立っているところを見ると、ドアはきっちりしまっていないようだ。そして、二階にはひとつだけ明るく照らされた窓《まど》がある。わたしたちが顔を上げて見ていると、ブラインドの背後《はいご》で暗い影《かげ》が動いた。

「ほら、あいつです!」グラント・マンロー氏が叫《さけ》んだ。「だれかがいるのはたしかでしょ。さあ、ぼくについてきてください。なにもかもあばいてやる」

わたしたちはドアに近づいた。ところが、暗がりからとつぜんひとりの女性《じょせい》がとびだしてきて、ランプの明かりが作る金色の筋《すじ》のなかに立ちはだかった。暗くて顔は見えないが、なにかをこいねがうように、両手を広げて前につきだしている。

「おねがいだから、やめて、ジャック！」その女性《じょせい》は叫《さけ》んだ。「あなたが今晩《こんばん》やってくるような気がしてたの。どうか、考え直して！　もう一度、わたしを信じてちょうだい。きっと後悔《こうかい》はさせないから」

「十分すぎるほど、信用してきたじゃないか、エフィ」マンロー氏は冷たくいいはなつ。「さあ、はなして！　とおすんだ。ぼくとここにいる友人とで、きれいさっぱり終わりにしたいんだ！」

氏は妻《つま》をおしのけた。わたしたちもぴたりとあとにしたがう。氏がいきおいよくドアをあけると、老女が走りでてきて立ちふさがろうとする。しかし、氏はその女性をおしやって、わたしたちはあっというまに階段《かいだん》をかけ上がった。

グラント・マンロー氏が明かりのついた部屋にかけこむ。わたしたちもぴったりあとを追う。

そこは、とても居心地《いごこち》のよさそうな、りっぱな家具にかこまれた部屋だった。テーブルの上にふたつ、マントルピースの上にふたつ、ロウソクがもえている。

部屋のすみの机《つくえ》にむかって、小さな女の子がすわっていた。わたしたちが部屋にはいると顔をそむけてしまったが、赤い服を着て、長い白手袋《てぶくろ》をしている。その子がさっとふりむいた瞬間《しゅんかん》、わたしはおどろきと恐怖《きょうふ》とで思わず声をあげてしまった。わたしたちにむけられたその顔は不気味な土気色で、まったくなんの表情《ひょうじょう》もあらわしていなかったからだ。

つぎの瞬間、謎《なぞ》は解《と》き明かされた。ホームズは笑い声をあげながらその子の耳元に手をやり、仮面《かめん》をとり去ったのだ。

そこにあらわれたのは小さな黒人の女の子の顔だった。度肝《どぎも》を抜《ぬ》かれているわたしたちの顔を見て、その子はおもしろそうに白い歯を見せて微笑《ほほえ》んだ。そのほがらかな表情につられて、わたしも思わず大笑いしてしまった。

しかし、グラント・マンロー氏は、片手《かたて》で自分の喉《のど》をおさえながら、ただつっ立って見いっている。

「なんなんだ?」氏は叫び声をあげた。「いったいぜんたい、どういうことなんだ?」

「わたしが説明します」堂々《どうどう》としたようすで部屋にはいってきた奥《おく》さんが、しっかりと顔を上げていった。「わたしはなにもいわないほうがいいと思っていたけれど、こうなったらしかたがありません。この先わたしたちで最善《さいぜん》をつくすしかないんだから。わたしの夫はアトランタで亡《な》くなりました。でも、子どもは助かったんです」

「きみの子なのか？」

奥さんは胸元《むなもと》から大きな銀のロケットをひっぱりだした。

「このロケットをひらいてなかを見たことはないでしょう？」

「ひらくなんて知らなかったよ」

奥さんが小さなボタンにふれると、パチンとふたがあいた。そこにはおどろくほど美男子で知性《ちせい》にあふれた顔立ちの男性《だんせい》の写真があった。疑《うたが》いようのないアフリカ系《けい》の黒人だ。

「この人はアトランタのジョン・ヘブロンです。世界じゅうさがしても、彼《かれ》ほど高《こう》貴《き》な人はいませんでした。この人と結婚《けっこん》するために、わたしは親族との縁《えん》を切りました。でも彼が生きているあいだ、そのことを一度だって後悔《こうかい》したことはありません。わたしたちのあいだに生まれたひとり娘《むすめ》は父方に似《に》ました。わたしたちのような結婚にはよくあることなのですが、生まれたルーシーの肌《はだ》は、父親よりも黒かったんです。けれど肌の色がどうであれ、この子は愛しいわが子なんです。かわいくてしかたがありません」

するとそのことばをきいた女の子が母親のドレスにしがみついた。

「わたしはこの子をアメリカにのこしてきたのですが、それはただただ、この子の体が弱くて、環境《かんきょう》の変化に耐《た》えられないだろうと思ったからです。

この子の養育は、かつてわたしたちにつかえてくれていた忠実《ちゅうじつ》なスコットランド女性《じょせい》の乳母《うば》に託《たく》しました。わたしはただの一度だって、この子を捨《す》ててしまおうなどと思ったことはありません。

でもね、ジャック、あなたと出会って恋《こい》に落ちたわたしは、子どものことを告げるのがこわかったの。ああ、神様、お許《ゆる》しください。あなたを失うのがこわかったんです。

そして、ついにあなたに告げる勇気を持てないままでした。わたしは自分の弱さから、あなたとこの子をはかりにかけて、かわいいわが子に背《せ》をむけてしまったんです。

この三年間、この子のことはあなたに秘密《ひみつ》にしてきました。でも、この子を託《たく》していた乳母《うば》からは、なにもかもうまくいっていると知らされていました。

それでも、とうとうどうしてももう一度わが子に会いたいという気持ちに負けてしまったの。なんとかおさえようとしたけど、だめでした。そして、危険《きけん》を覚悟《かくご》の上で、ほんの数週間でいいからと、この子を呼《よ》び寄《よ》せることにしました。

さっそく、百ポンドを送って、この別荘《べっそう》についてあれこれ指示《しじ》したので、わたしとの関係を知られずに隣人《りんじん》として引っ越《こ》してこられるはずでした。

その上、わたしは念には念をいれて、この子を日中外にださないように命じましたし、小さな顔と手をかくしておくようにもいいました。万が一、窓辺《まどべ》でだれかに見られて、黒人の子が近所にいるなどと噂《うわさ》を立てられたくなかったからです。もし、ここまで警戒《けいかい》しすぎなければ、もうすこしましな方法も思いついたのかもしれませんが、あなたに知られるのがおそろしすぎて、まともに考えることができなかったんです。

最初に、この別荘に人がはいったときかされたのはあなたからでした。朝まで待つべきだったんでしょうけど、気が高ぶってしまってとてもじゃないけど眠《ねむ》れなかった。あなたがどれほどぐっすり眠るか知っていたから、とうとう、こっそりでかけました。でも、見られていたのね。あれがこのごたごたのはじまりでした。

つぎの日、あなたは、わたしが秘密を持っていることに気づいたのに、気高くも、無理矢理追及《ついきゅう》するようなことはなさりませんでした。でも三日後、乳母とこの子はあなたが玄関《げんかん》にかけつけたとき、間一髪裏口《かんいっぱつうらぐち》から外に逃《に》げだしました。

そして今夜、ついになにもかも知られてしまったということなんです。この先、わたしとこの子はどうしたらいいんでしょう?」

奥《おく》さんは両手をかたくにぎりしめながら返事を待った。グラント・マンロー氏が沈黙《ちんもく》を破《やぶ》ったのは、とても長く感じられる二分ほどあとのことだった。

氏の返事をきいて、わたしはとてもうれしかった。氏は小さな女の子を抱《だ》き上げると、頬《ほほ》にキスし、その子を抱いたまま、片手《かたて》を妻《つま》の方にのばし、ドアの方をむいた。

「家に帰って、ゆったりくつろぎながら考えよう」グラント・マンロー氏はいった。

「ぼくはすごくりっぱな人間というわけじゃないけど、きみが思っているよりはましな人間だと思うよ、エフィ」

ホームズとわたしは三人のあとを追って、小道にでた。すると、ホームズはわたしの袖《そで》をひいていった。

「どうやら、ぼくたちはノーベリにいても役には立たないみたいだね。ロンドンにもどるとしよう」

この事件《じけん》についてホームズがはじめて語ったのは、その日の夜遅《よるおそ》く、ロウソクに火をつけて寝室《しんしつ》にさがろうというときだった。

「なあ、ワトソン、もしぼくが、すこしばかり自信過剰《かじょう》で天狗《てんぐ》になっているとか、事件を解決《かいけつ》するのに力を出し惜《お》しみしているとか感じるようなことがあったら、悪いんだがそっとささやいてくれないか？　『ノーベリ』ってね。そうしてくれたら、心からきみに感謝《かんしゃ》するよ」

ワトソンの推理修行《すいりしゅぎょう》

How Watson Learned the Trick

朝食のテーブルについたワトソンは、じっと相棒《あいぼう》を観察しつづけた。

ふと顔を上げたホームズの目とワトソンの目があった。

「おや、ワトソン、なにか考えごとかい？」

ホームズがたずねる。

「ああ、きみのことをね」

「ぼくのこと？」

「そうだよ、ホームズ。きみの推理《すいり》とやらが、いかにうすっぺらいものなのかと考えてたんだ。しかも、世間の人たちは、そんなきみの推理に関心を持ちつづけてるんだから、不思議でたまらないよ」

「いや、まったくだ」ホームズがいう。「そういえば、ぼくもおなじようなことをいったことがあるよ」

「きみのやり口なんか、実に簡単《かんたん》にまねできるさ」

ワトソンがきっぱりとそういった。

「そうだろうとも」ホームズは微笑《ほほえ》みながら答えた。「それじゃあ、ひとつ、その推理法《すいりほう》をやってみせてもらえないか?」

「ああ、よろこんで。けさ、目ざめたとき、きみがなにかにすっかり心を奪《うば》われていたのは、はっきりいえるね」

「すばらしい!」ホームズがいった。「どうしてわかったんだい?」

「身だしなみにはうるさいきみが、ひげをそるのもわすれてるじゃないか」

「こいつはまいった! すごいじゃないか! やあ、ワトソン、きみがこんなに賢《かしこ》いなんて、考えたこともなかったよ。きみのその鷹《たか》のような目は、ほかにもなにかさぐりだしたのかい?」

「ああ、ホームズ。バーロウという名の依頼人《いらいにん》があったのに、きみはその事件《じけん》を解《かい》決《けっ》できないでいる」

「おどろいたな。どうしてわかった？」

「名前は手紙の表書きで見たよ。その手紙を読んだきみは、うめき声をあげてポケットにおしこんだじゃないか。しかめっつらをしてね」

「すごいすごい！　すばらしい観察眼《かんさつがん》だ。ほかにはなにかあるかな？」

「あるとも、ホームズ。きみは投資《とうし》をやってるだろ」

「どうして、そう思うんだ、ワトソン？」

「新聞をひらいたきみは、まず経済面《けいざいめん》を広げ、食いいるように見てたからね」

「なるほど、目のつけどころがすごいな。で、ほかには？」

「ああ、ホームズ。きみはいつものガウンではなく、黒い上着を着てるだろ。つまり、すぐにでも重要なお客がやってくるってことだ」

「もっと、あるかい？」

「そりゃあ、ほかにもたくさんあるさ。だが、これくらいでたくさんだろう。これできみも、この世には、きみとおなじくらい賢《かしこ》い人間がいるってわかっただろうかな」

「それほど、賢くない人間もね」ホームズがいった。「そんなにたくさんはいないだろうが、ざんねんながら、きみはそのうちのひとりのようだよ、ワトソン」

「なんだって？」

「きみの推理《すいり》は、ぼくが期待したほどのものじゃなかったってことさ」

「まちがってたっていうのか？」

「ああ、すこしばかりね。ざんねんだが。順番に教えてあげよう。ひげをそっていないのは、かみそりを砥《と》ぎにだしているからさ。上着を着てるのは、運悪く、朝早くから歯医者に予約をいれてるからだ。歯医者の名前はバーロウで、手紙は予約の確認《かくにん》だよ。経済欄《けいざいらん》のとなりにはクリケットの記事があってね。サリーがケントになんとか持ちこたえたかどうか、試合の結果が知りたかっただけさ。だが、まあ、くじけないでつづけるんだな、ワトソン。くじけるな！　ほんのうすっぺらなやり口だ、きみにだってすぐにものにできるだろうから」

訳者あとがき

アーサー・コナン・ドイルは一八五九年、スコットランドのエディンバラ市に生まれました。子どものころから熱心な読書家で、文才も認《みと》められていましたが、堅《けん》実《じっ》な生活をと望む両親の希望に沿《そ》って、大学の医学部に進み、医者の資格《しかく》をとると、開業も果たします。しかし、医者のかたわら小説を書きつづけていました。

シャーロック・ホームズがはじめて登場する長編《ちょうへん》小説『緋色《ひいろ》の研究』が出版《しゅっぱん》されたのは、一八八七年、ドイルが二十八歳《さい》のときでした。ホームズものは長編《ちょうへん》四作、短編《たんぺん》五十六作の計六十作生みだされました。それらの作品によって、シャーロック・ホームズが世界一有名な探偵《たんてい》として不動の地位を得ているといってもだれも異論《いろん》はさまないでしょう。

今回、新しく短編集《たんぺんしゅう》をだすにあたって、どれを読んでもおもしろい作品群《さくひんぐん》のなかから、なにを選ぶのかにはずいぶん悩《なや》みました。

ですが、「まだらの紐《ひも》」はどうしてもはずせません。子どものころに読んだときの衝撃《しょうげき》がいまでも忘《わす》れられないのです。ドイル自身が選んだホームズもの十二編《へん》のなかで一位にあげているというのも納得《なっとく》です。

つづく「踊《おど》る人形」と「黄色い顔」は、実は、あえてホームズのしくじり、という観点から選びました。このふたつの作品は、相似形《そうじけい》といってもいいようなはじまりかたをします。ホームズを訪《おとず》れた依頼人《いらいにん》は、ともに妻《つま》の最近の行動をあやしんでいる紳士《しんし》です。その鍵《かぎ》がアメリカにあるらしいところも共通しています。そして、いずれの事件《じけん》も、ホームズにしてはとてもめずらしく失敗で終わっているのです。後味は正反対なのですが、どのような失敗なのか、それは読んでのお楽しみ。

なお、ドイルは十七歳《さい》ごろの学生時代に、エドガー・アラン・ポーの暗号ミステリー「黄金虫」を読んで、はげしいショックを受けたといいますので、この「踊《おど》る人形」はポーへのオマージュといってもいいのかもしれません。「黄金虫」は拙訳《せつやく》の『世界名作ショートストーリー　ポー　黒猫《くろねこ》』（理論《りろん》社）におさめられていますので、こちらもぜひ。

最後を飾《かざ》る「ワトソンの推理修行《すいりしゅぎょう》」は、ちょっと変わった経緯《けいい》から生まれた作品です。当時の英国王ジョージ五世の王妃《おうひ》メアリーに贈《おく》るドールハウスの書斎《しょさい》におさめるミニチュア本のために依頼《いらい》されて書いたものなのです。先にあげた六十作のなかにはない、いわば外典で、あまり紹介《しょうかい》される機会はないのですが、ホームズとワトソンの関係がよくあらわれた微笑《ほほえ》ましい作品なので取り上げてみました。

まだまだおもしろい作品が目白押《めじろお》しのホームズ、いずれ第二集、第三集とつづけられることを、ひそかに夢見《ゆめみ》ています。

本書にすてきな挿画《そうが》だけではなく、踊《おど》る人形の暗号も描《か》き起こしてくださったヨシタケシンスケさん、ありがとうございました！

二〇一八年五月　　千葉茂樹

| 作者 |

アーサー・コナン・ドイル

Sir Arthur Conan Doyle

1859年スコットランド・エディンバラに生まれる。エディンバラ大学医学部を卒業後、ロンドンで開業。患者に恵まれずその時間を使って文筆を開始する。『緋色の研究』をはじめとして発表された、探偵シャーロック・ホームズと友人ワトソン博士を主人公とする作品群は、世界的に人気を博し、熱狂的ファン「シャーロッキアン」を産み、今なおその数は増え続けている。1930年没。

| 訳者 |

千葉 茂樹

Shigeki Chiba

北海道に生まれる。国際基督教大学卒業。出版社勤務を経て翻訳家となる。訳書『シャクルトンの大漂流』が日本絵本賞翻訳絵本賞を受賞。ほか「オー・ヘンリー ショートストーリーセレクション」(全8巻)『ジャック・ロンドン ショートセレクション 世界が若かったころ』など多数ある。

| 画家 |

ヨシタケ シンスケ

Shinsuke Yoshitake

1973年神奈川県に生まれる。筑波大学大学院芸術研究科総合造形コース修了。『りんごかもしれない』で産経児童出版文化賞美術賞、MOE絵本屋さん大賞第一位(『なつみはなんにでもなれる』ほか本賞は四度受賞)などを、『このあとどうしちゃおう』で新風賞を受賞など。ほか作品多数。

世界ショートセレクション ❽

コナン・ドイル ショートセレクション
名探偵ホームズ 踊る人形

2018年6月　初版
2024年4月　第10刷発行

作者　アーサー・コナン・ドイル
訳者　千葉 茂樹
画家　ヨシタケ シンスケ
発行者　鈴木博喜
編集　郷内厚子
発行所　株式会社 理論社
〒101-0062 東京都千代田区神田駿河台2-5
電話 営業03-6264-8890 編集03-6264-8891
URL https://www.rironsha.com
デザイン　アルビレオ
印刷・製本　中央精版印刷
企画協力　小宮山民人　大石好文

ISBN978-4-652-20246-3　NDC933　B6判　19cm　199p

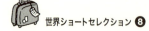